sorte ou azar?

Obras da autora publicadas pela Editora Record:

Avalon High
Avalon High — A coroação: a profecia de Merlin
Cabeça de vento
Sendo Nikki
Como ser popular
Ela foi até o fim
A garota americana
Quase pronta
O garoto da casa ao lado
Garoto encontra garota
Todo garoto tem
Ídolo teen
Pegando fogo!
A rainha da fofoca
A rainha da fofoca em Nova York
A rainha da fofoca: fisgada
Sorte ou azar?
Tamanho 42 não é gorda
Tamanho 44 também não é gorda
Tamanho não importa
Liberte meu coração
Insaciável
Mordida

Série O Diário da Princesa
O diário da princesa
Princesa sob os refletores
Princesa apaixonada
Princesa à espera
Princesa de rosa-shocking
Princesa em treinamento
Princesa na balada
Princesa no limite
Princesa Mia
Princesa para sempre

Lições de princesa
O presente da princesa

Série A Mediadora
A terra das sombras
O arcano nove
Reunião
A hora mais sombria
Assombrado
Crepúsculo

Série As leis de Allie Finkle para meninas
Dia da mudança
A garota nova
Melhores amigas para sempre?

Série Desaparecidos
Quando cai o raio
Codinome Cassandra

MEG CABOT

sorte ou azar?

Tradução de
ALVES CALADO

6ª edição

Rio de Janeiro | 2013

CIP-Brasil. Catalogação-na-fonte
Sindicato Nacional dos Editores de Livros, RJ.

C116s Cabot, Meg, 1967-
   Sorte ou azar? / Meg Cabot; tradução de Alves-Calado.
6ª ed. – 6ª ed. – Rio de Janeiro: Galera Record, 2013.

   Tradução de: Jinx
   ISBN 978-85-01-08091-2

   1. Literatura juvenil. I. Alves-Calado, Ivanir, 1953- . II. Título.

08-3341
   CDD – 028.5
   CDU – 087.5

Título original em inglês:
JINX

Copyright © 2007 by Meg Cabot LLC

Todos os direitos reservados. Proibida a reprodução, no todo ou em parte, através de quaisquer meios. Os direitos morais do autor foram assegurados.

Texto revisado segundo o novo Acordo Ortográfico da Língua Portuguesa.

Design de capa: Izabel Barreto / Mabuya

Direitos exclusivos de publicação em língua portuguesa somente para o Brasil adquiridos pela
EDITORA RECORD LTDA.
Rua Argentina 171 – Rio de Janeiro, RJ – 20921-380 – Tel.: 2585-2000
que se reserva a propriedade literária desta tradução

Impresso no Brasil

ISBN 978-85-01-08091-2

Seja um leitor preferencial Record.
Cadastre-se e receba informações sobre nossos lançamentos e nossas promoções.

EDITORA AFILIADA

Atendimento e venda direta ao leitor:
mdireto@record.com.br ou (21) 2585-2002.

Para Benjamin

Agradecimentos

Muito obrigada a Beth Ader, Jennifer Brown,
Michele Jaffe, Laura Langlie, Amanda Maciel,
Abigail McAden e especialmente a Benjamin Egnatz

CAPÍTULO
1

O negócio é que minha sorte sempre foi um horror. Olha só o meu nome: Jean. Não Jean Marie, nem Jeanine, Jeanette ou mesmo Jeanne. Só Jean. Sabe que na França os *garotos* são chamados de Jean? É João em francês.

Tudo bem, não moro na França. Mas mesmo assim. Sou basicamente uma garota que se chama João. Pelo menos seria, se eu morasse na França.

De modo que não foi uma grande surpresa quando o motorista de táxi não me ajudou com a mala. Eu já tivera de aguentar a chegada ao aeroporto sem encontrar ninguém para me receber, e depois os muitos telefonemas, perguntando onde meus tios estavam, não foram atendidos. Será que, no fim das contas, eles não me queriam? Teriam mudado de ideia? Teriam ouvido falar da minha falta de sorte — desde lá de Iowa — e decidido que não queriam ser contaminados?

Mas, mesmo que isso fosse verdade — e como eu tinha dito a mim mesma um milhão de vezes desde que havia chegado à área de bagagens, onde eles deveriam me encontrar, e não visto ninguém além de carregadores e motoristas de limusine com aqueles pequenos cartazes com o nome de todo mundo, menos o meu —, não havia nada que eu pudesse fazer a respeito. Certamente não poderia voltar para casa. Era ficar em Nova York — e na casa da tia Evelyn e do tio Ted — ou me ferrar de vez.

Assim, quando o motorista do táxi, em vez de sair e me ajudar com as malas, só apertou um botãozinho azul fazendo a tampa do porta-malas abrir alguns centímetros, não foi a pior coisa que já havia me acontecido. Não foi nem a pior coisa que me aconteceu naquele *dia*.

Tirei minhas malas, que deviam pesar, cada uma, uns cinco mil quilos, pelo menos — excluindo o estojo do meu violino, claro —, depois fechei o porta-malas de novo, o tempo todo parada no meio da rua Sessenta e Nove Leste, com uma fila de carros atrás de mim, buzinando com impaciência porque não podiam passar, pois havia um furgão da Stanley Steemer estacionado em fila dupla do outro lado da rua, em frente ao prédio do meu tio.

Por que eu? Fala sério. Gostaria de saber.

O táxi partiu tão depressa que eu praticamente precisei pular entre dois carros estacionados para não ser atropelada. As buzinas pararam enquanto a fila de carros que havia esperado atrás do táxi começava a andar de novo, com todos os motoristas me lançando olhares maldosos enquanto passavam.

Todos aqueles olhares maldosos fizeram com que eu percebesse que estava mesmo na cidade de Nova York. Finalmente.

E é, eu tinha visto a silhueta dos prédios enquanto o táxi atravessava a ponte de Triboro... a ilha de Manhattan, em toda a sua glória suja, com o Empire State se projetando no meio como um grande dedo médio brilhante.

Mas foram os olhares maldosos que realmente fizeram efeito. Ninguém lá em Hancock seria tão perverso assim com alguém que obviamente era de fora da cidade.

Não que tantas pessoas assim visitem Hancock. Mas tanto faz.

E havia a rua onde eu estava. Era uma daquelas ruas exatamente iguais às que sempre aparecem nos seriados de TV quando estão tentando dizer que alguma coisa é situada em Nova York. Tipo em *Law and Order*. Você sabe, os prédios estreitos, de três ou quatro andares com fachadas de arenito, portarias pintadas de cores fortes e escadinha de pedra na frente...

Segundo minha mãe, a maior parte desses prédios de arenito de Nova York serviam originalmente como residência para uma única família, quando foram construídos em mil oitocentos e tantos. Mas agora foram divididos em apartamentos, de modo que há uma família — ou algumas vezes até duas ou mais — por andar.

Mas não o prédio de Evelyn, a irmã da minha mãe. Tia Evelyn e tio Ted Gardiner são donos de todos os andares do edifício. O que significa praticamente uma pessoa por andar, já que a tia Evelyn e o tio Ted só têm três filhos, meus primos Tory, Teddy e Alice.

Lá em casa só temos dois andares, mas há sete pessoas morando neles. E apenas um banheiro. Não que eu esteja reclamando. Mesmo assim, desde que minha irmã Courtney descobriu a chapinha, a coisa anda bem feia lá em casa.

Mas por mais que a casa da minha tia e do meu tio fosse alta, era realmente estreita — só três janelas lado a lado. Mesmo assim era uma casa bem bonita, pintada de cinza, com acabamentos num tom mais claro. A porta era de um amarelo luminoso e alegre. Havia floreiras amarelas na base de cada janela, onde se derramavam gerânios de um vermelho-vivo — e obviamente recém-plantados, já que estávamos apenas no meio de abril, e não estava suficientemente quente para eles.

Era bom saber que, mesmo numa cidade sofisticada como Nova York, as pessoas ainda percebiam como uma floreira podia ser aconchegante e acolhedora. A visão daqueles gerânios me animou um pouco.

Talvez a tia Evelyn e o tio Ted tivessem apenas esquecido que eu iria chegar hoje, e não tivessem deixado de me buscar no aeroporto de propósito, só porque mudaram de ideia quanto a deixar que eu ficasse com eles.

Tudo ia ficar bem, afinal de contas.

É. Com a minha sorte, provavelmente não.

Comecei a subir a escada até a porta da frente do número 326 da rua Sessenta e Nove Leste, depois percebi que não iria conseguir fazer isso com as duas malas e o violino. Deixando uma mala na calçada, arrastei a outra para cima, com o violino enfiado embaixo do braço. Depositei a primeira mala e o estojo do violino no último degrau e voltei rapidamente para pegar a mala, que eu havia deixado na calçada.

Só que acho que desci um pouco depressa demais, porque tropecei e quase caí de cara na calçada. Consegui me equilibrar no último instante agarrando a cerca de ferro fundido que os Gardiner haviam posto ao redor das latas de lixo. Enquanto estava ali pendurada, meio pasma com a quase catástrofe, uma senhora elegante que passeava com o que parecia um rato numa coleira (só que devia ser um cachorro, porque usava casaco xadrez) passou e balançou a cabeça olhando para mim. Como se eu tivesse dado um mergulho de cabeça de cima da escada dos Gardiner de propósito, para assustá-la, ou sei lá o quê.

Lá em Hancock, se uma pessoa visse outra quase caindo da escada — até alguém como eu, que cai da escada quase todo dia — teria dito algo como: "Você está bem?"

Mas em Manhattan as coisas eram obviamente diferentes.

Só quando a velha com o rato de estimação saíram do meu campo de visão ouvi um estalo. Quando me levantei, descobrindo que minhas mãos estavam cobertas com a ferrugem da cerca, vi que a porta do número 326 da rua Sessenta e Nove Leste havia se aberto, e que uma garota bonita e loura estava me espiando de cima da escadinha.

— Olá? — disse ela com curiosidade.

Esqueci a velha com o rato e o quase mergulho na calçada. Sorri e subi de novo a escada. Mesmo não acreditando no quanto ela havia mudado, fiquei feliz em vê-la...

... e preocupada demais imaginando que ela não sentiria o mesmo ao me ver.

— Oi — respondi. — Oi, Tory.

A moça, pequena e muito loura, piscou para mim, sem me reconhecer.

— Não — respondeu ela. — Não, não sou Tory. Sou Petra. — Pela primeira vez notei que a moça tinha sotaque... um sotaque europeu. — Sou a *au pair* dos Gardiner.

— Ah — falei duvidosa. Ninguém havia me dito nada sobre uma *au pair*. Felizmente eu sabia o que era isso (uma pessoa que troca serviços domésticos por moradia e alimentação) por causa de um episódio de *Law and Order* que vi uma vez, onde a *au pair* era suspeita de matar a criança de quem deveria estar cuidando.

Estendi a mão direita suja de ferrugem.

— Oi. Sou Jean Honeychurch. Evelyn Gardiner é minha tia...

— Jean? — Petra havia estendido a mão automaticamente e apertado a minha. O aperto se tornou mais intenso. — Ah, quer dizer, Jinx?

Encolhi-me e não só por causa do aperto dela — que era realmente forte para alguém tão pequena.

— É isso aí — respondi. O que mais poderia fazer? Isso é que era recomeçar a vida num lugar onde ninguém me conhecia pelo apelido menos do que lisonjeiro (porque *jinx* significa "pé-frio"). — Minha família me chama de Jinx.

E continuaria a chamar para sempre, se eu não conseguisse dar um jeito na minha sorte.

CAPÍTULO
2

— Mas você só deveria chegar amanhã! — exclamou Petra.

A preocupação que apertava o meu estômago se afrouxou. Só um pouquinho.

Eu deveria saber. Deveria saber que tia Evelyn não teria se esquecido completamente de mim.

— Não — retruquei. — Era hoje. Eu deveria chegar hoje.

— Ah, não — disse Petra, enquanto continuava balançando minha mão para cima e para baixo. Meus dedos estavam perdendo toda a circulação. Além disso, os lugares que eu havia arranhado ao segurar a cerca de ferro fundido também não me davam uma sensação muito boa. — Tenho certeza de que sua tia e seu tio disseram que seria amanhã. Ah! Eles vão ficar tão chateados! Iam receber você no aeroporto. Alice até fez uma placa... Você veio até aqui sozinha? De táxi? Que pena! Ah, meu Deus, entre, entre!

Com um jeito caloroso, que não combinava com o corpo delicado — mas que combinava com o aperto de mão —, Petra insistiu em pegar minhas duas malas, deixando o violino para mim, e carregando-as para dentro. O peso extremo não pareceu incomodá-la nem um pouco, e só demorei alguns minutos para descobrir por quê: pois Petra gostava de falar quase tanto quanto minha melhor amiga, Stacy, lá da minha cidade: Petra havia se mudado de sua Alemanha natal para os Estados Unidos porque estava estudando fisioterapia.

Na verdade, ela disse que ia toda manhã para a faculdade de fisioterapia em Westchester, um subúrbio da cidade de Nova York, onde, quando não está na sala de aula, tem de levantar gente pesada que sofreu algum acidente ou derrame e ajudá-las a entrar em banheiras de hidromassagem, depois ensinar a usar os braços e todo o resto do corpo de novo.

O que explicava por que ela era tão forte. Porque levantava pacientes pesados, e coisas do tipo.

Petra estava morando com os Gardiner e, em troca do quarto e da comida, cuidava dos meus primos mais novos. Depois, enquanto as crianças estavam na escola todo dia, ela ia a Westchester aprender mais sobre fisioterapia. Dentro de mais um ano iria tirar a licença e poderia arrumar um emprego num centro de reabilitação.

— Os Gardiner têm sido *tão* legais comigo — disse Petra, levando minhas malas para um quarto de hóspedes do terceiro andar como se não pesassem mais do que dois CDs.

Para ela nem parecia necessário respirar entre as frases. O que era espantoso, porque o inglês nem era sua primeira língua.

O que significava que ela provavelmente podia falar mais rápido ainda em sua língua natal.

— Eles até me pagam trezentos dólares por semana — continuou Petra. — Imagine, morar em Manhattan sem pagar aluguel, com toda a comida paga e alguém que ainda oferece trezentos dólares por semana! Meus amigos lá em Bonn dizem que é bom demais para ser verdade. O senhor e a senhora Gardiner são como pais para mim agora. E adoro Teddy e Alice como se fossem meus filhos. Bem, só tenho 20 anos, e Teddy tem dez, por isso acho que ele não poderia ser meu filho. Mas talvez meu irmão mais novo. Aqui, olha. Este é o seu quarto.

Meu quarto? Espiei pela porta. A julgar pelo pouco que tinha visto do resto da casa enquanto subíamos a escada, eu sabia que teria uma vida de luxo durante os próximos meses...

Mas o quarto onde Petra colocou minhas malas tirou meu fôlego. Era totalmente lindo... paredes brancas com móveis cor de creme e dourados, e cortinas de seda cor-de-rosa. Havia uma lareira de mármore num dos lados.

— Isso aí não funciona — informou Petra com tristeza, como se eu estivesse contando com uma lareira em pleno funcionamento no meu quarto novo, ou algo assim.

E ainda tinha um banheiro só para mim. A luz do sol se filtrava pelas janelas, formando pintinhas no carpete rosa-claro.

Claro, eu soube imediatamente que havia alguma coisa errada. Este era o melhor quarto que eu já tinha visto. Era cem vezes melhor do que o meu, em casa. E eu precisava dividi-lo com Courtney e Sarabeth, minhas duas irmãs mais novas. Esta, na verdade, seria a primeira vez em que eu iria dormir num quarto só meu.

A PRIMEIRA.

E nunca na vida eu ao menos havia pensado em ter um banheiro apenas para mim.

Simplesmente não era possível.

Mas pelo modo casual como Petra circulava, espanando poeira imaginária das coisas, *era* possível. Não somente possível, mas... era como as coisas eram.

— Uau — foi tudo que pude dizer. Era a primeira palavra que conseguia emitir desde que Petra havia começado a falar, ainda na porta da frente.

— É — disse Petra. Ela achou que eu estava falando do quarto. Mas na verdade eu me referia a... bem, *tudo*.
— É muito bonito, não é? Eu tenho meu próprio apartamento aqui, com entrada particular. Lá embaixo, sabe? No térreo. Você provavelmente não viu. Também há uma porta nos fundos que dá no jardim. É um apartamentinho privativo. E tenho minha própria cozinha. Às vezes as crianças descem para lá à noite, e eu as ajudo com o dever de casa, e algumas vezes nós assistimos à TV juntos, todos aconchegados. É bem legal.

— Você realmente não está de brincadeira — ofeguei. Mamãe havia me dito que tia Evelyn e sua família estavam se dando bem. Bom, há pouco tempo o marido dela, meu tio Ted, havia conseguido uma promoção para presidente da tal empresa onde ele trabalhava, e Evelyn, que era decoradora, havia acrescentado umas duas supermodelos à sua lista de clientes.

Mesmo assim, nada poderia ter me preparado para... isso. E era meu. Todo meu.

Bem, pelo menos por enquanto. Até que eu estragasse tudo, de algum modo.

E, sendo eu, sabia que isso não iria demorar. Mas ainda podia curtir enquanto durasse.

— O senhor e a senhora Gardiner vão lamentar muito porque não estavam em casa para receber você — comentou Petra enquanto seguia até a lateral da cama de casal, enorme, e começava a afofar meticulosamente a meia dúzia de travesseiros embaixo da cabeceira estofada. — E vão ficar ainda mais tristes ao perceber que confundiram o dia. Os dois ainda estão no trabalho. Mas Teddy e Alice vão chegar logo da escola. Eles estão muito empolgados porque a prima Jinx vai ficar um tempo aqui. Alice fez um cartaz para lhe dar as boas-vindas. Ela iria segurar no aeroporto quando recebessem você, mas agora... bem, talvez você possa pendurar aqui na parede do seu quarto, não é? Você deve fingir que ficou contente com ele, mesmo que não fique, porque ela trabalhou muito para fazer. A senhora Gardiner não pôs nada nas suas paredes, veja bem, porque queria saber do que você gostava. Ela contou que faz cinco anos que não veem você!

Petra me olhou, espantada. Parecia que as famílias na Alemanha viviam muito mais próximas e se visitavam com muito mais frequência do que nos Estados Unidos... ou pelo menos do que a *minha* família.

Confirmei com a cabeça.

— É, é mais ou menos isso. Tia Evelyn e tio Ted visitaram a gente pela última vez quando eu tinha 11 anos... — Minha voz ficou no ar. Isso porque eu tinha acabado de ver que, no banheiro enorme, todas as ferragens eram de latão e tinham a forma de pescoços de cisnes, com a água saindo do bico esculpido. Até a barra da toalha tinha asas de cisne nas pontas. Minha boca começou a ficar meio seca ao ver todo aquele luxo. Quero dizer, o que eu havia feito para merecer isso?

Nada. Especialmente nos últimos tempos.

Na verdade, esse era o motivo pelo qual eu estava em Nova York.

— E a Tory? — perguntei, num esforço para mudar de assunto. Melhor não pensar no que me tirou de Hancock, rumo a Nova York. Especialmente porque toda vez que eu pensava no assunto aquele nó incômodo no meu estômago se apertava. — Quando ela vem da escola?

— Ah — disse Petra.

Mas esse "Ah" era diferente de todos os outros que Petra havia falado. Notei logo de cara. Além disso, enquanto antes Petra estivera falando com entusiasmo sem disfarces, naquele momento ela olhou para baixo e continuou, sem jeito, dando de ombros. — Ah, Tory já chegou da escola. Está nos fundos, no jardim, com os amigos.

Petra apontou para uma das duas janelas diante da cama. Fui até lá, empurrando cautelosamente a delicada camada superior da cortina branca e fina como uma teia de aranha, e olhei para baixo...

... para um jardim encantado de conto de fadas.

Pelo menos foi o que pareceu. E, tudo bem, estou acostumada com nosso quintal em Hancock, que é completamente atulhado com as bicicletas e os brinquedos de plástico dos meus irmãos mais novos, um balanço, uma casa de cachorro, a horta da minha mãe e enormes pilhas de terra, largadas pelo meu pai, que vive trabalhando numa expansão da casa, que nunca fica pronta.

Mas aquele quintal parecia algo saído de um seriado de TV. E não era *Law and Order*, e sim algo tipo *MTV Cribs*. Cercado em três lados por um muro de tijolos coberto de musgo. Rosas cresciam — e floresciam — em toda parte. Havia até trepadeiras de rosas enroladas nas laterais de um pequeno caramanchão envidraçado, num dos cantos. Havia uma mesa de ferro fundido rodeada de cadeiras e uma espreguiçadeira almofadada sob os galhos amplos de um salgueiro chorão com brotos novos.

Mas o melhor de tudo era uma fonte baixa, que, mesmo com as janelas fechadas no terceiro andar, eu podia ouvir borbulhando. Uma sereia de pedra estava sentada no centro do poço de um metro e meio de largura, com água jorrando da boca de um peixe que ela segurava no colo. Não dava para ter certeza, estando tão no alto, mas achei que vi alguns clarões alaranjados dentro do poço. Peixes dourados!

— São *koi* — corrigiu Petra, quando falei alto sobre o que estava pensando. Não pude deixar de ver que a voz dela estava retornando ao normal, agora que não falávamos de Tory. — Carpas japonesas. E está vendo Mouche, a gatinha dos Gardiner? Ela fica ali sentada o dia todo, olhando para elas. Ainda não pegou nenhuma, mas um dia vai conseguir.

Vi o clarão súbito de um fósforo sendo aceso sob o teto de vidro do caramanchão. Não dava para ver direito lá dentro, porque o vidro era fosco. Tory e seus amigos deviam estar lá dentro, mas não dava para distingui-los, só os movimentos sombreados e a chama.

Parecia que Tory e os amigos estavam fumando.

Mas tudo bem. Conheço um monte de pessoas da nossa idade em Iowa que fumam.

Tá, tudo bem. Uma única pessoa.

Mesmo assim, todo mundo havia me dito que as coisas eram diferentes em Nova York. Não só as coisas, mas as pessoas também. Especialmente as da minha idade. Tipo, as pessoas de 16 anos em Nova York devem ser muito mais sofisticadas e maduras para a idade do que as da minha cidade.

Sem problemas. Posso lidar com isso.

Se bem que meu estômago, a julgar pelo modo como havia subitamente se transformado num nó, parecia discordar.

— Acho que eu deveria descer e dizer olá a Tory — disse eu... porque sentia que precisava fazer isso.

— É. Acho que sim. — Petra parecia a fim de dizer alguma coisa, mas, pela primeira vez desde que a encontrei, ficou muda.

Fantástico. Então o que havia entre ela e Tory?

E com minha sorte, no que eu iria me meter?

— Bem — falei com mais coragem do que sentia, deixando a cortina voltar ao lugar. — Pode me mostrar o caminho?

— Claro.

Parecia que Petra não era o tipo de garota que ficava quieta por muito tempo. Enquanto descíamos até o segundo andar, perguntou sobre o violino.

— Você toca há muito tempo?

— Desde que tinha 6 anos.

— Seis! Então deve ser muito boa! Teremos um concerto uma noite dessas, não é? As crianças vão adorar.

Meio que duvidei, a não ser que meus primos fossem realmente diferentes das crianças lá de casa. Ninguém que eu conheço em Hancock gosta de me ouvir tocar. A não ser, talvez, quando toco "The Devil Went Down to Georgia". Mas mesmo assim eles perdem um pouco o interesse, a não ser que eu cante a letra. E é difícil cantar e tocar ao mesmo tempo. Até Patti Scialfa, a mulher do Bruce Springsteen, que sabe cantar e tocar violino, nunca faz as duas coisas ao mesmo tempo.

Então Petra perguntou se eu estava com fome, e falou do curso de culinária que a sra. Gardiner pagou para ela frequentar, para aprender a fazer comida para as crianças.

— Eu deveria fazer filé-mignon para sua chegada amanhã, mas agora você está aqui, e acho que no jantar esta noite teremos comida chinesa do Szechuan Palace! Espero que você não se incomode. O senhor e a senhora Gardiner precisam ir a uma festa beneficente. Os Gardiner são pessoas muito boas e generosas, e sempre vão a esses eventos para levantar dinheiro para causas importantes... há muito disso em Nova York. E a comida chinesa daqui é muito boa, é autêntica. A senhora Gardiner até comenta isso, e ela e o senhor Gardiner foram à China no aniversário de casamento do ano passado. Ah, esta é a porta do jardim. Acho que verei você mais tarde, então.

— Obrigada, Petra — dei-lhe um sorriso agradecido.

Saí pela porta de vidro do pátio que dava para o jardim e desci a escada até o jardim propriamente dito (segurando cuidadosamente o corrimão de ferro fundido para evitar um segundo quase desastre com uma escada).

Ali, o som da fonte era muito mais alto, e pude sentir o cheiro forte de rosas no ar. Era estranho estar no meio da cidade de Nova York e sentir cheiro de rosas.

Se bem que, misturado ao cheiro de rosas, havia o de tabaco queimando.

— Olá? — gritei enquanto me aproximava do caramanchão, para que soubessem que eu estava por perto. Ninguém respondeu de imediato, mas tive quase certeza de que ouvi alguém dizendo aquela palavra que começava com M. Achei que Tory e as amigas estariam correndo para apagar os cigarros.

Corri para entrar no caramanchão, para poder dizer: "Ei, não se preocupem. Sou só eu."

Mas, claro, me peguei falando para seis completos estranhos. Minha prima Tory não estava em lugar nenhum.

O que, sabe como é... é só a minha sorte.

CAPÍTULO 3

Então uma estranha, uma garota cujo cabelo completamente preto combinava com a cor do minivestido e das botas de salto alto, saiu bamboleando do caramanchão e parou com a mão no quadril estreito e projetado enquanto me olhava cheia de suspeitas pelos olhos maquiados demais.

— Quem é você, afinal? — perguntou ela.

Percebendo que as pessoas no caramanchão me olhavam com uma hostilidade idêntica, me ouvi gaguejar:

— Ah, sou Jean Honeychurch, prima de Tory Gardiner...

A garota de cabelo preto disse de novo a palavra começada com M, desta vez num tom bem diferente. Depois levantou a mão que estivera mantendo às costas, e tomou um gole comprido do copo que estava segurando.

— Não se preocupem — disse por cima do ombro para as pessoas no caramanchão. — É só a minha prima esquisita lá de Iowa.

Pisquei uma vez. Duas. E depois uma terceira vez.

— *Tory?* — perguntei incrédula.

— Torrance — corrigiu minha prima. Pousando o copo num banco baixo de pedra, ela tirou um cigarro de trás da orelha e enfiou entre os lábios vermelhos. — O que está fazendo aqui? Você só deveria chegar amanhã.

— E... acho que me adiantei. Desculpe.

Nem pergunte por que eu estava me desculpando por algo que nem era minha culpa. Os Gardiner é que erraram o dia da minha chegada, não eu.

Mas havia uma coisa em Tory — nessa nova Tory, pelo menos — que fez o nó no meu estômago se torcer com mais força do que nunca. *Esta* era Tory? *Esta* era a minha prima Tory, com quem, quando os Gardiner tinham nos visitado pela última vez em Iowa, eu havia entrado no riacho Pike e subido nas árvores próximas à escola?

Não podia ser. *Aquela* Tory era gorducha e loura, com sorriso maroto e um senso de humor igualmente travesso.

Esta Tory parecia ter sorrido pela última vez há muito tempo — um tempo *realmente* longo.

Não que não fosse bonita. Era, de um modo supersofisticado, chique-urbano. Tinha perdido a gordura infantil e agora seu corpo era magro como um caniço. O cabelo louro também havia sumido, trocado por um preto nanquim em um corte Chanel severo.

Parecia uma modelo — mas não uma daquelas felizes e ensolaradas como Cindy Crawford. Parecia uma daquelas infelizes que viviam fazendo beicinho... como Kate Moss, depois de ter sido detonada por cheirar tanta cocaína.

Tory, senti vontade de dizer. *O que* aconteceu com *você*?

Tory devia estar pensando algo parecido — só que sobre *eu* ter mudado desde a última vez em que me viu —, porque de repente deu um risinho (o risinho com menos humor que já ouvi) e disse:

— Meu Deus, Jinx. Você não mudou nem um pouco. Ainda tem um frescor de fazenda e uma doçura campestre.

Ah. Talvez ela *não* estivesse pensando algo parecido.

Olhei para mim mesma. Naquela manhã eu havia me vestido com cuidado extraespecial, sabendo que, quando saísse do avião, estaria na cidade mais sofisticada do mundo.

Mas era evidente que meus jeans, o suéter de algodão cor-de-rosa e os sapatos de camurça do mesmo tom de rosa não eram urbanos o suficiente para disfarçar o fato de que, na maior parte, sou exatamente o que Tory havia me acusado de ser: alguém com um frescor de fazenda e uma doçura campestre.

Se bem que meus pais moram numa rua sem saída, e não numa fazenda.

— Meu Deus — disse uma voz dentro do caramanchão. — O que eu não daria por esse *cabelo*. — E então, retorcendo-se como uma cobra, uma garota com a mesma magreza de modelo de Tory — tão Tyra Banks quanto Tory era Kate Moss — deslizou para fora do caramanchão e se juntou a Tory me inspecionando.

— Isso é *natural*? — perguntou a garota, ficando na ponta dos pés para segurar um dos cachos ruivos que brotavam da minha cabeça de uma forma tão descontrolada que basicamente desisti de conter. Parecia estar usando uma espécie de uniforme de escola composto de blusa branca, blazer azul e saia pregueada cinza.

Mas, nela, até um uniforme de escola parecia alta-costura. Só para mostrar como era bonita.

— Ah, o cabelo dela é natural — respondeu Tory, não como se achasse isso bom. — O da nossa avó é igual.

— Meu Deus — insistiu a garota. — É muito sinistro! Conheço garotas que pagariam *uma grana preta* para ter cachos assim. E a cor! É tão... *viva*.

— Ei — disse uma voz masculina no caramanchão. — Vocês só vão ficar babando na ruiva aí ou vamos aos finalmentes?

A garota que havia gostado do meu cabelo revirou os olhos, e até mesmo Tory — ou Torrance, como aparentemente ela preferia ser chamada agora — abriu algo que se parecia com um sorriso.

— Meu Deus, Shawn — disse ela. — Fica frio. — Ela se virou para mim: — Quer uma cerveja?

Tentei não parecer muito chocada. Uma cerveja? Tory estava me oferecendo uma cerveja? Tory, que há cinco anos nem comia Pop Rocks, porque estava convencida de que essas balinhas fariam seu estômago explodir?

— Ah — respondi. — Não, obrigada.

Não é que eu não beba (tomei champanhe no casamento da mãe da Stacy com seu novo padrasto, Ray), mas não gosto de cerveja.

— Temos uma jarra de chá gelado Long Island também — disse a amiga de Tory, de modo amigável.

— Ah — suspirei, aliviada. — Tudo bem. Vou tomar um pouco.

A amiga de Tory fez uma careta.

— É — disse ela. — Eu também não gosto de cerveja. Ah, meu nome é Chanelle.

— Chanel? — repeti. Não sabia se tinha escutado direito.

— É. Só que com um L extra e um E no final — ela corrigiu. — Chanel é a loja predileta da minha mãe.

— Ainda bem que não é Gucci — comentou o garoto que Tory havia chamado de Shawn.

— Ignore esse cara — disse Chanelle para mim, revirando de novo os expressivos olhos escuros enquanto eu a acompanhava para dentro do caramanchão. — Esse é o Shawn — ela apontou para um cara louro sentado numa mesa com tampo de vidro. Ele usava calça cinza, camisa social branca com as mangas enroladas e uma gravata de listras vermelhas e azuis, que fora amarrada de qualquer maneira e depois afrouxada com o mesmo descuido.

— E aquele ali é o meu namorado, Robert — continuou Chanelle. Outro garoto, esse de cabelos escuros, mas usando exatamente as mesmas roupas de Shawn, balançou a cabeça para mim acima do cigarro que estava enrolando.

E foi então que percebi que não era um cigarro.

— E aquela é Gretchen — Chanelle apontou para outra garota linda como uma modelo, loura, com um piercing na sobrancelha e usando o mesmo uniforme de Chanelle.

— E aquela é Lindsey. — Lindsey, também com uniforme de escola, era uma versão menor de Gretchen, sem o piercing. Em vez disso usava uma gargantilha de veludo e batom vermelho-vivo.

As duas garotas mal notaram minha presença. Pareciam muito mais interessadas nas bebidas que seguravam do que em mim.

— E aí? — Shawn esfregou as mãos. — Já acabou o papo-furado? Podemos voltar ao que interessa?

No canto mais distante do caramanchão, onde a parede de vidro encontrava a de tijolo, alguém pigarreou.

— Ah — disse Chanelle. — Quase esqueci. Aquele é o Zach.

O cara no canto inclinou uma lata de Coca na minha direção como uma espécie de cumprimento.

— Olá, prima Jean de Iowa — ele me cumprimentou em tom agradável. Ao contrário dos outros dois garotos, não usava gravata nem calça social, e sim jeans e camiseta. Devia ser um ou dois anos mais velho do que todos os outros no caramanchão, que pareciam mais ou menos da minha idade.

Além disso era gato. Demais. Do tipo com ombros largos, cabelo escuro, olhos verdes — deus grego.

— Você não estava de saída, cara? — perguntou Shawn a Zach, numa voz não muito amigável.

— Estava — Zach se arrastou para abrir espaço para mim no banco, o único lugar que restava. — Mas acho que vou ficar mais um pouquinho.

— À vontade — Shawn não pareceu muito feliz com isso.

— Bom — Tory serviu um copo de chá gelado de uma jarra que estava no piso do caramanchão e passou-o para mim. Eu me sentei ao lado de Zach. — Odeio essa coisa de você nunca ficar para o melhor da festa, Zach.

— Talvez eu só não esteja muito a fim de me ligar antes do anoitecer — explicou Zach.

— Eu gostaria de ficar ligado 24 horas por dia, sete dias por semana — disse Robert, ansioso, enquanto lambia as pontas do papel que estava enrolando.

— E fica — garantiu Chanelle. E não como se estivesse satisfeita com isso.

— Certo, onde é que a gente estava? — perguntou Tory. — Ah, é. Eu preciso pelo menos do suficiente para chegar até as provas do período. E você, Chanelle?

— Bem — começou Chanelle. Notei que o suéter que ela havia amarrado na cintura era do mesmo tom de azul das tiras das gravatas dos garotos. Assim como o de Gretchen e de Lindsey.

Então todos eram da mesma escola — a escola Chapman, para onde eu seria transferida... admito que meio tarde no ano letivo. Mas houve circunstâncias atenuantes.

Engoli em seco. Melhor não pensar nas circunstâncias atenuantes agora.

— Para mim, não, obrigada — disse Chanelle.

— Meu Deus, Chanelle — Tory fez beicinho. — As provas. Para não mencionar o baile de primavera. Quer chegar lá gorda que nem uma vaca? Alô?

— Meu Deus, Torrance. Cravos. Para não falar de espinhas. Quer que minha dermatologista me mate? Alô? — contra-atacou Chanelle, num tom que não era desagradável, mas fazendo uma imitação de Tory que fez Lindsey fungar até o chá gelado sair pelo nariz.

— Otária — xingou Tory, quando viu isso.

Lindsey enxugou o nariz na manga do suéter, e disse:

— Posso botar vinte.

— Vinte — Shawn anotou números no Treo que ele havia tirado de uma mochila no chão. — E você, Tor?

— A mesma coisa, acho — respondeu Tory.

Ela acendeu seu próprio cigarro, elaboradamente me ignorando, mesmo que eu a estivesse olhando fixo. Não dava para acreditar no que eu estava vendo. Tipo, já era bem ruim Tory ter se tornado morena, e magra como uma estrela de cinema. Mas ela também estava comprando drogas? Se bem que eu tinha de admitir que Shawn não se parecia nem um pouco com os traficantes que apareciam com tanta regularidade em *Law and Order*. Não era esquelético nem usava roupas sujas. Parecia... *legal*.

E Tory não parecia uma viciada. Quero dizer, ela é totalmente linda.

E, para completar, a vida dela, pelo menos pelo que dava para ver, parecia perfeita. Por que precisava de drogas?

Esses eram os pensamentos que chacoalhavam na minha cabeça enquanto eu fiquei ali sentada. Acho que dava para dizer que eu estava sofrendo um tremendo choque cultural.

Além disso, o nó no meu estômago estava maior e mais apertado do que nunca.

— E preciso de um pouco de Valium — acrescentou Tory. — Ando muito tensa ultimamente.

— Achei que as suas idas à sala da caldeira com Shawn durante o horário livre de estudos eram para isso — Gretchen abriu a boca pela primeira vez. Sua voz era surpreendentemente grave.

Assim como o que ela estava dizendo. Era surpreendente. Tory e Shawn namoravam?

Mas Tory apenas lançou um olhar sarcástico para a amiga. E o dedo médio.

— Posso lhe arranjar dez — Shawn riu. — Mais do que isso é querer encrenca. Sei que é uma causa perdida, mas e você, Rosen? Precisa de alguma coisa?

Ao meu lado, Zach disse:

— Não, obrigado. Estou bem.

Tory pareceu chocada.

— Zach, tem certeza? Porque Shawn pode conseguir o negócio de verdade. Nada daquela porcaria genérica. O pai dele é médico.

— Minha nossa, Tor, o cara é careta, sacou? Deixa ele em paz — disse Shawn. Seu olhar pousou em mim. — E você, ruiva?

Tory, que há um instante havia parecido chateada, riu tanto que um pouco da sua bebida saiu pelo nariz e ela começou a engasgar. Isso fez Lindsey pronunciar um "Otária" exatamente como Tory havia xingado quando a mesma coisa aconteceu com ela.

Falei tentando não mostrar como estava prestes a pirar de vez:

— Não, obrigada. Eu... estou tentando parar.

— Ei — comentou Zach, na maior cara de pau. — Bom para você, prima Jean. O primeiro passo é admitir que tem um problema.

— Obrigada — respondi, e tentei esconder meu espanto pelo fato de o cara mais gato da área estar falando comigo, enquanto eu tomava um gole do chá gelado...

... que cuspi imediatamente.

Para meu azar, em cima do Zach.

— Ei — Robert segurou o seu baseado na defensiva. — Fala sem cuspir, ruiva!

— Ah, meu Deus! — exclamei. Podia sentir as bochechas pegando fogo. — Desculpe. Não tinha notado... não esperava que tivesse...

— ... álcool? — Tory havia se recuperado, e agora jogou um punhado de guardanapos para Zach. — Por que você acha que isso se chama chá gelado *Long Island*, idiota?

— Eu nunca tinha tomado — respondi. — Nem nunca estive em Long Island. Ah, meu Deus, Zach, desculpe.

Mas Zach não pareceu irritado. Na verdade tinha um sorriso divertido no rosto.

— Nem nunca estive em Long Island — ecoou ele, como se estivesse tentando decorar a frase.

— Desculpe mesmo — repeti. Realmente não dava para acreditar. Quero dizer, *dava*, porque aquilo era a minha cara, claro. Mas também não dava porque... bem, porque eu havia acabado de cuspir chá gelado Long Island em cima do cara mais gato que eu já tinha visto. Tipo, fazia apenas uma hora que eu estava em Nova York e já havia bancado a completa imbecil. Tory e os amigos dela deveriam achar que eu era a pior caipira que eles já haviam encontrado. Não era como se ninguém na minha antiga escola nunca bebesse, ficasse doidão ou comprasse drogas.

Só que não costumavam fazer isso... bem, perto de mim.

— Desculpe mesmo — insisti.

Zach riu para mim. Senti meu coração acelerar.

Fica fria, Jean.

— Sem problema, prima Jean de Iowa. Quer uma Coca, ou algo assim? — O riso ficou mais largo. — E estou falando do tipo comum.

— Claro — respondi completamente atordoada com o sorriso. — Seria ótimo.

Zach se levantou, mas sentou-se de novo quando Tory latiu:

— *Eu* pego para ela — e saiu abruptamente do caramanchão.

— Meu Deus — disse Gretchen. — O que é que ela tem?

Robert revirou os olhos na direção de Zach.

— Tenta adivinhar.

— O quê? — perguntou Chanelle, defendendo Tory.

— Meu Deus, tá todo mundo cego? A Torster está tomando conta do Rosen — explicou Robert entre as bafuradas.

Zach franziu a testa.

— Que negócio é esse da Tory estar tomando conta de mim?

— A *au pair*, cara. — Robert balançou a cabeça. — Por que outro motivo um cara grande, importante e mais velho que nem você ia ficar com a gente? Você obviamente não veio aqui comprar, então...

Em vez de negar, como eu meio esperava, Zach ficou pensativo.

— Ei — disse Chanelle indignada. — Não é verdade. Torrance é a fim do Shawn. Não está doida pelo Zach.

— Se Tor é tão a fim do Shawn — quis saber Robert —, por que está se esforçando tanto para manter o Rosen longe da *au pair*, hein?

— Cala a boca, Robert — Chanelle deu-lhe um chute por baixo da mesa com tampo de vidro. — Você não sabe do que está falando.

— Ei, não atire no mensageiro — reagiu Robert. — A Torster é tão doida pelo Sr. Quatro-Ponto-Zero aqui que já pode sentir o gosto, se é que vocês me entendem.

— Grosso! — exclamou Chanelle, e até Zach franziu a testa em desaprovação.

— Não na frente da prima Jean, por favor. Ela é nova aqui — disse ele.

Robert me olhou.

— Ah, desculpe.

E senti mais vontade de morrer do que nunca. *Prima Jean*. Era quase tão ruim quanto *Jinx*.

Quase.

— Ei, tudo bem — disse Shawn com tranquilidade, levantando os olhos de seu Treo. — Torrance e eu temos um trato.

Foi nesse exato momento que Tory voltou com uma lata de refrigerante.

— Aqui, Jinx — ela empurrou a lata para mim. — Que tipo de trato a gente tem, Shawn?

— Você sabe — os dedos de Shawn voavam sobre o teclado do Treo, o olhar grudado na tela. — Relacionamento aberto, e aquela porcaria toda.

— Ah — Tory, afundou de novo na cadeira. — É isso aí. Amigos com benefícios. Por que estamos falando disso?

— Por nada — respondeu Chanelle rapidamente, olhando para Robert, que só deu um risinho.

Fiquei ali sentada, tentando não parecer chocada. Amigos com benefícios? Tentei visualizar o que minha melhor amiga, Stacy, faria se seu namorado, Mike, sugerisse que os dois eram amigos com benefícios, em vez de um casal monógamo.

Então estremeci. Porque sabia que a carnificina resultante não seria bonita.

— Por sinal — Tory interrompeu meus pensamentos.
— De nada.

— Ah — olhei a lata de refrigerante que estava esquecida na minha mão, e senti que ia ficando vermelha de novo.
— Obrigada.

— Você vai achar outras iguais na geladeira — ela comunicou em tom significativo. — Petra mostrou onde é a cozinha?

— Ainda não...

— Bem, não deixe de fazer um circuito geral. É a última vez que pego uma coisa para você.

— Boa, Tor — disse Chanelle. — Seja uma vaca, mesmo. — Então, como se estivesse sem graça com a grosseria de Tory, Chanelle se virou para mim e perguntou: — Então, quanto tempo você vai ficar em Nova York, Jean?

O nó em meu estômago se revirou. Olhei de novo para a lata de Coca.

— Estou me transferindo para a Chapman pelo resto do ano letivo. E depois vou passar o verão aqui, também.

Não deixei de captar o olhar trocado por Gretchen e Lindsey. Não que eu as culpasse. Quem se transfere para uma escola nova faltando apenas um mês para o fim do semestre?

Uma anormal como eu, claro.

— Ah, é — disse Tory, lépida. — Esqueci de contar a vocês. A Jinx aqui vai terminar o semestre com a gente.

— Por quê? — quis saber Chanelle.

Por um lado, fiquei aliviada porque Tory aparentemente não havia contado a eles sobre mim. Agora eu poderia dizer o que quisesse sobre o motivo de estar naquela cidade.

Por outro lado, fiquei meio magoada. O que era ridículo, claro.

Mas poderia pensar que Tory pudesse ter mencionado aos amigos que a prima iria morar na casa dela. A não ser, claro, que isso simplesmente não fosse importante.

— Ah — engoli em seco. — Só meio que precisei de uma mudança.

Tory revirou os olhos.

— Meu Deus, Jinx — disse ela. — Será que você poderia pensar numa coisa mais idiota para dizer quando as pessoas perguntarem isso? Elas vão perguntar, você sabe. Muito.

Uau. Isso é que era eu poder dizer o que quisesse sobre o motivo de estar ali.

Senti que estava ficando vermelha. De novo.

— Bem — o nó no estômago estava começando a ficar do tamanho de um punho. — É meio... pessoal.

— Pelo amor de Deus — Tory pegou o baseado das mãos de Shawn e deu uma longa tragada. — É só contar, Jinx. Ela estava sendo assediada por um cara, não é?

CAPÍTULO
4

Fantástico. Fantástico mesmo.

Vou admitir, eu deveria saber. Deveria ter uma resposta preparada para a pergunta muito natural de Chanelle. Só que não tinha. *Claro*.

Assim, acho que merecia o que Tory havia acabado de me dar.

Mas ao mesmo tempo foi um choque ouvir quando ela falou daquele jeito, com tanta tranquilidade.

Em especial porque isso era só a metade. A outra metade, claro, só eu sabia.

Graças a Deus. Porque não duvido que Tory teria contado isso também, se soubesse.

Em especial porque ela parecia estar adorando a reação que conseguira — meu silêncio mortificado e as bocas abertas de Gretchen e Lindsey.

— Caraca! — disse Shawn.

Notei que até Zach virou os olhos verdes para mim de um modo que me deixou ainda mais desconfortável do que já me sentia.

Os olhos de Chanelle se arregalaram.

— Verdade? Assediada? Deve ser apavorante.

— Você tem tanta sorte! — guinchou Lindsey, rindo. — Nunca fui assediada. Como é?

— Meu Deus. — Tory apagou o baseado num cinzeiro sobre a mesa de vidro. — Não tem nada empolgante nisso, Lindsey, sua idiota. Ouvi dizer que o cara é um psicopata completo. Provavelmente vai aparecer aqui e assassinar a gente na cama. Nem acredito que meus pais concordaram com isso.

— Ei — disse Robert, ultrajado. — O baseado ainda estava bom!

Eu também não podia acreditar. Não sobre o baseado. Mas que Tory havia simplesmente ANUNCIADO a coisa daquele jeito, tão casualmente. Ainda mais considerando o fato de que eu tive de sair de casa, deixar todos os meus amigos e a escola onde, vou admitir, eu era bem popular. Quero dizer, sou uma garota *legal*. As pessoas gostam de garotas legais. Esse tipo de coisa não acontece com garotas legais. As garotas legais não são perseguidas por psicopatas...

... a não ser, claro, que por acaso elas atraiam isso.

Mas Tory não sabia dessa parte.

Assim, para ela abrir o bico sobre a parte que não sabia...

E ainda mais na frente do Zach, que estava fazendo meu coração acelerar praticamente toda vez que eu o olhava.

Quis morrer de novo. Ou vomitar. Era difícil decidir o quê.

— Ele não me assediou — tentava escolher as palavras com cuidado. E também percebia, pela expressão espantada das pessoas, que talvez eu tivesse falado isso um pouco alto demais. Baixei a voz. — E não é psicopata. É só um cara com quem eu saí, que ficou meio sério demais, depressa demais.

Pronto falei: como me saí? Será que iriam acreditar? Por favor, faça com que acreditem...

— Ele provavelmente queria andar de mãos dadas — Tory zombou, impassível, e Shawn soltou uma gargalhada.

Certo. Bem, isso foi maldade.

Mas eles acreditaram. Pelo menos *Tory* acreditou.

E era só isso que importava.

Quando lhe lancei um olhar feio por causa do comentário sobre andar de mãos dadas — porque senti que era isso que uma garota como eu faria —, Tory disse:

— Ah, qual é, Jinx. Sua mãe É ministra da igreja.

Chanelle me lançou um olhar espantado.

— Fala sério! Você é filha de uma PASTORA?

Claro que ela disse isso como se fosse uma coisa ruim. As pessoas sempre fazem isso.

— Também sou filha de um consultor de informática — eu desconversei. — Meu pai trabalha com computadores.

Mas ninguém estava escutando. Ninguém nunca escuta.

— Meu Deus — empolgou-se Lindsey. — Isso é tão romântico! Você teve de fugir do estado para escapar de um amante obcecado. *Eu* gostaria de ter um amante obcecado.

— Eu não me incomodaria se tivesse um sóbrio — disse Chanelle, seca. — Em vez disso só tenho o Robert.

Robert ergueu os olhos do baseado que estava tentando resgatar.

— O quê? — perguntou, quando viu que todo mundo estava olhando pra ele.

— Estão vendo? — Chanelle tinha um brilho tão intenso nos olhos escuros que não pude resistir a uma risada...

... até que Shawn interrompeu dizendo:

— O que é isso aqui? A bosta do programa da Oprah? Chega da vida amorosa da novata. Preciso do pagamento, senhoras. — Ele estendeu o Treo, para que todos pudessem ler o total. — E não, não aceito cheque.

Tory fez uma careta, mas estendeu a mão para a bolsa. Uma Prada de mil dólares da nova coleção de primavera que minha irmã Courtney disse aos nossos pais que era a única coisa que ela queria de aniversário. Mamãe e papai riram como se fosse a coisa mais engraçada que já tinham escutado.

Tory, Gretchen e Lindsey contaram uma pequena pilha de notas de vinte dólares. Depois, empurrando o dinheiro na direção do namorado, Tory perguntou:

— Quando vai ser a entrega?

— Amanhã — Shawn pegou o dinheiro e arrumou a pilha antes de colocar na carteira. — No máximo segunda-feira.

— *Amanhã* — disse Tory e estreitou os olhos.

— Tudo bem, tudo bem. — Shawn balançou a cabeça.
— Amanhã.

— Torrance? — gritou a voz de Petra, vinda do pátio.
— Torrance, sua mãe está ao telefone!

— Merda — reclamou Tory. — Já volto.

Essa, eu sabia, era a minha deixa para uma saída graciosa. Quero dizer, me conhecendo, graciosa não era bem a palavra. Mas pelo menos seria uma saída.

— Acho que também preciso ir — falei, me levantando. — Tenho de desfazer as malas. Foi legal conhecer vocês.

Eu não sabia se era a maneira certa de me despedir de um monte de adolescentes entediados de Nova York. Mas Chanelle disse toda animada:

— Foi legal conhecer você também. Vejo você na escola!

Portanto, acho que foi tudo bem.

— E eu — Zach também disse e se levantou — estou ouvindo meu dever de cálculo me chamar. Vejo vocês depois.

— Torrance! — gritou Petra de novo.

Tory xingou e saiu do caramanchão. Zach foi atrás dela e eu fui atrás do Zach. Ainda que a visão traseira de Zach fosse tão impressionante quanto a dianteira, não pude aproveitar. Só queria ir para o meu belo quarto cor-de-rosa, fechar a porta e ficar lá um tempo, sozinha, com minha lareira de mármore que não funcionava, e entender o que havia acabado de acontecer — para não falar do que eu iria fazer.

Porque a coisa não estava acontecendo como eu havia imaginado. De jeito nenhum. Não que eu tivesse pensado que Tory e eu fôssemos passar o tempo todo juntas entrando num riacho e subindo em árvores. Só não havia esperado exatamente...

Bem, *aquilo*.

No pátio, Petra entregou o telefone a Tory, depois sorriu para mim e para Zach.

— Olá — disse ela. — Vejo que vocês dois se conheceram. Não vai pular o muro hoje, Zach?

Zach estendeu as mãos, que, como notei pela primeira vez, estavam cobertas de leves arranhões rosados, não muito diferentes dos que eu havia recebido da cerca de ferro fundido onde havia me agarrado para não cair quando cheguei.

— Não com essas rosas crescendo tão sem controle lá atrás — ele respondeu. — Um dia desses aquelas coisas ainda vão me matar.

— Você deveria vir pela porta, como uma pessoa normal — riu Petra. — Você está velho demais para pular muros. — Ela se virou para mim. — Jean, se algum dia quiser ir a um museu, à ópera ou ao teatro, Zach é a pessoa certa para consultar. Ele sabe tudo que há para saber sobre esta cidade...

— Ei, calma aí — Zach pareceu ligeiramente sem graça. Será que Robert estava certo? Será que Zach *tinha* uma queda por Petra?

Mas se ele estava apaixonado por Petra, não deixava transparecer pelo modo como interagia com ela. Parecia tratá-la com a mesma casualidade amigável que tratava...

... bem, como *me* tratava.

— É verdade — Petra sorriu para Zach. — Quando cheguei aqui e não conhecia ninguém além do senhor e da senhora Gardiner e as crianças, Zachary me levou a *toda parte*. Ao Guggenheim, ao Frick, ao Met, às boates de jazz. Até ao *zoológico*.

Zach ficou mais sem graça ainda.

— Gosto de focas — disse a mim, como se quisesse se desculpar da aparente estranheza de levar a *au pair* ao zoológico.

Hummm. Talvez ele *tivesse* uma ligeira queda por ela.

— E então — continuou Petra, enquanto a seguíamos pela porta de vidro para a sala íntima —, quando meu namorado, Willem, veio me visitar, Zachary nos deu ingressos para o... como é que se chama?

— Cirque du Soleil — naquele momento, Zach, estava *completamente* sem graça. Mas ainda assim deu de ombros, bem-humorado. — Meu pai sempre consegue ingressos para as coisas, por causa do emprego dele.

Sorri para Zach. Não pude evitar. Tipo, além de gato, havia algo nele que era tão... bem, fácil de gostar. *Gosto de focas*. Eu teria entendido totalmente se o que Robert tivesse dito fosse verdade, que Tory estava a fim do Zach. Eu mesma estava, e havia acabado de conhecer o cara.

— Meu Deus, mãe! — A voz de Tory, do outro lado do pátio, saiu estridente. — Tá *brincando* comigo? Eu tenho coisas para fazer, você sabe.

Petra começou a fechar a porta de vidro.

— Jean — disse ela rapidamente —, preciso pegar as crianças na escola. Gostaria de ir comigo? As crianças adorariam.

Mas Petra não foi suficientemente rápida com a porta, nem sua voz gentil abafou as palavras de Tory:

— Porque eu tenho coisas melhores a fazer do que ficar dando uma de babá para minha prima caipira, por isso!

A porta se fechou com um estalo e Petra se encostou rapidamente nela, com uma expressão de pânico no rosto.

— Minha nossa. Tenho certeza de que ela não... tenho certeza... Algumas vezes Torrance diz coisas que não são de propósito, Jean.

Sorri. O que mais poderia fazer?

E a verdade era que nem fiquei chateada. Pelo menos não muito. Eu estava sem graça, claro. Em especial porque vi Zach meio que se encolhendo e murmurando a palavra *ui* ao ouvir a expressão *prima caipira*.

Mas eu estava aceitando o fato de que esta Tory não era a Tory doce e divertida que eu lembrava de anos atrás. Esta nova Tory, fria e sofisticada, era uma estranha.

E, na verdade, eu não estava dando a mínima para o que uma estranha teria a dizer sobre mim.

Sendo sincera.

Tudo bem, talvez não com tanta sinceridade assim.

— Sem problema — falei em tom casual. Pelo menos esperava que soasse casual. — Ela provavelmente *tem* coisas melhores a fazer do que bancar a minha babá. O saco é que as pessoas evidentemente acham que eu *preciso* de uma babá — acrescentei, para o caso de eles não terem captado a mensagem. — Não preciso.

Zach levantou as sobrancelhas escuras, mas não disse nada. Esperei que ele não estivesse se lembrando do chá gelado Long Island, mas provavelmente estava. Petra continuou inventando desculpas para Tory ("Ela está nervosa com as provas do período." "Ela não tem dormido bem.") até chegarmos à porta da frente. Fiquei me perguntando por quê. Afinal de contas, essa nova Tory não havia me parecido uma pessoa que desejaria que alguém — e muito menos precisaria de que alguém — inventasse desculpas para ela.

Mas talvez houvesse coisas que eu não sabia sobre "Torrance", que precisavam ser levadas em consideração. Talvez, apesar do jardim lindo e das ferragens de banheiro em forma de cisne, nem tudo estivesse indo bem no lar dos Gardiner. Pelo menos no quesito Tory.

— Bem — disse Zach quando chegamos à calçada (fiquei satisfeita porque desta vez consegui passar pela escadinha da frente sem despencar). — Foi legal conhecer você, prima Jean de Iowa. Eu moro aqui ao lado, por isso tenho certeza de que a gente vai se ver de novo.

Pelo menos agora entendi o negócio de ele pular o muro — o quintal dele era separado do jardim dos Gardiner por aquele muro de pedra perto do caramanchão — e também como foi que ele, como Tory, teve a chance de tirar o uniforme da escola antes dos outros.

— Ah, sim, vocês vão se ver com frequência. — O humor de Petra parecia melhor depois que saímos da casa.

E de perto de Tory. — Jean vai frequentar a escola Chapman pelo resto do semestre.

— Foi o que ouvi falar — Zach piscou para mim. — Então vejo você por lá. Tchau, prima Jean de Iowa.

A piscadela fez outra vez meu coração acelerar. Era melhor eu ter cuidado.

Felizmente ele se virou para ir embora. Vi que Zach morava na casa à esquerda dos Gardiner, também de quatro andares, só que pintada de azul-escuro com acabamentos em branco. Sem floreiras, mas com a porta da frente pintada de cor forte, tão vermelha quanto os gerânios dos Gardiner.

Vermelha como sangue.

E por que foi que eu pensei isso?

— Venha, Jean — Petra inclinou a cabeça na direção oposta à que Zach havia tomado. — A escola de Teddy e Alice é por aqui.

— Só um segundo — respondi.

Porque, claro, eu não podia ir logo, enquanto as coisas ainda estavam indo bem. Ah, não. Não Jinx Honeychurch.

Não, eu tinha de ficar ali parada, enraizada no lugar como a caipira que Tory evidentemente achava que eu era, olhando Zach passar por um carro que havia acabado de entrar numa daquelas vagas muito desejadas da cidade de Nova York. Alguém do lado do carona estava abrindo a porta para sair...

... no momento em que um homem numa bicicleta de dez marchas, usando sacola de mensageiro, veio a toda pela rua.

Foi então que duas coisas pareceram acontecer ao mesmo tempo.

Primeiro, o mensageiro de bicicleta se desviou para não acertar a porta aberta do carro, e teria subido na calçada e acertado o Zach...

... se, naquele segundo exato, eu não tivesse me jogado no caminho para empurrar o Zach, que não havia notado o carro, a bicicleta nem o vermelho-sangue dos gerânios.

Motivo pelo qual acabei sendo atropelada por um mensageiro de bicicleta no meu primeiro dia em Nova York.

O que, pensando bem, só pode ser culpa da minha falta de sorte.

CAPÍTULO 5

— Nem dá para ver — disse tia Evelyn. — Bem, dá, mas com um pouquinho de maquiagem ninguém vai notar, juro. E na segunda-feira, quando você começar na escola, tenho certeza de que terá sumido.

Estudei meu reflexo num espelho de mão. O hematoma em cima da sobrancelha direita tinha apenas algumas horas de vida e já estava ficando roxo. Por experiência, eu sabia que na segunda-feira o hematoma não seria mais roxo, e sim de um lindo tom de amarelo-esverdeado.

— Claro — falei para que tia Evelyn se sentisse melhor. — Claro que terá.

— Verdade — disse tia Evelyn. — Quero dizer, se eu não soubesse que ele está aí, nem notaria. E você, Tory?

Sentada numa das duas poltronas cor-de-rosa ao lado da lareira que não funcionava, Tory disse:

— Não consigo ver.

Abri um sorriso débil para ela. Então não era minha imaginação, afinal de contas. Tory havia mesmo começado a ser mais legal comigo, espantosamente mais legal, desde que minha cabeça havia acertado a calçada. Depois que recuperei a consciência fiquei sabendo que foi Tory quem ligou para a emergência, depois de ter visto a coisa toda se desdobrar pela janela da sala de estar. Tory é que foi na ambulância comigo, enquanto eu estava apagada, porque Petra ainda tinha de pegar as crianças. Tory é quem estava segurando minha mão quando acordei, tonta e dolorida, na emergência do hospital.

E foi Tory, junto com os pais dela, que me liberaram naquele fim de tarde, quando os exames do hospital revelaram que eu não havia sofrido uma concussão e que não teria de ser internada para passar a noite em observação (por acaso, o mensageiro de bicicleta havia escapado sem ao menos se arranhar, e a bicicleta nem se estragou muito).

Eu não fazia ideia do que havia ocorrido para deixar minha prima subitamente tão interessada no meu bem-estar. Certamente ela não parecia ter se importado comigo antes do acidente. Bem, eu não imaginava o motivo para Tory decidir se preocupar comigo, só porque eu havia sido idiota a ponto de ser nocauteada. No mínimo eu só provara o argumento de Tory: sou *mesmo* uma caipira.

Claro, isso podia ter algo a ver com o fato de que Zach havia ido junto. Quero dizer, ao hospital. Comigo. Na ambulância.

Mas não deixaram que ele entrasse na emergência para me ver, porque não era da família. E quando ficou sabendo que eu ia ficar bem, foi embora.

Mesmo assim. Se o que Robert havia dito no caramanchão era verdade — que Tory era a fim do Zach —, aquelas foram algumas boas horas que os dois passaram juntos.

Mas Zach não estava por perto naquele momento, e Tory *ainda* estava sendo legal comigo. Então qual era?

Pousei o espelho e disse:

— Tia Evelyn, estou me sentindo péssima. Você e o tio Ted realmente não precisam ficar em casa em vez de ir à festa por minha causa. Afinal de contas, é só um galo pequeno.

— Ah, por favor — tia Evelyn balançou uma das mãos num gesto que demonstrava que aquilo não tinha muita importância. — Não era uma festa, mas um evento beneficente chato, para um museu chato e velho. Para dizer a verdade, adorei que você tenha nos dado uma boa desculpa para não ir.

Tia Evelyn é a irmã mais nova da minha mãe, mas é difícil ver qualquer semelhança entre as duas. Verdade. O cabelo louro é o mesmo, mas enquanto mamãe usa o dela numa trança comprida que vai até o quadril, o de Evelyn é cortado num estilo Chanel muito fashion, que lhe cai superbem.

Nunca vi mamãe, que considera cosméticos uma coisa frívola — para irritação da minha irmã Courtney —, usando maquiagem. Mas tia Evelyn estava com batom, rímel, sombra — até um delicioso perfume floral. Ela parecia tremendamente glamourosa — e estava perfumada como uma diva. Nem parecia com idade para ter uma filha de 16 anos.

O que, acho, provava que a maquiagem estava dando certo.

Tia Evelyn notou a caneca vazia ao lado da cama.

— Quer mais um pouco de chocolate quente, Jean?

— Não, obrigada — eu ri. — Se tomar mais chocolate vou sair flutuando. Verdade, tia Evelyn, você e Tory não precisam ficar aqui sentadas comigo a noite toda. O médico disse que estou bem. É só um galo, e acredite, já tive um monte de galos antes. Vou ficar legal.

— É que eu me sinto péssima — insistiu Evelyn. — Se a gente soubesse que você vinha hoje, e não amanhã, como pensamos...

— Teriam feito o quê? — perguntei. — Mandado que todos os mensageiros da cidade fizessem greve? — Não que isso fosse dar certo. Eles ainda teriam me achado. Sempre acham.

— Só que não é como eu tinha imaginado sua primeira noite aqui — Evelyn balançou a cabeça. — Petra ia fazer filé-mignon. A gente teria um belo jantar, toda a família junta, e não comida para viagem, na cozinha, depois de chegar de uma emergência de hospital...

Olhei com simpatia para a cabeça inclinada da minha tia. Coitada da tia Evelyn. Agora estava começando a saber como minha mãe devia se sentir o tempo todo. Com relação a mim.

Falei com sentimento:

— Desculpe.

A cabeça de Evelyn se levantou de novo.

— O quê? Desculpe? Está se desculpando por quê? Não é *sua* culpa...

Só que, claro, era. Eu sabia o que estava fazendo. Sabia que a bicicleta ia me acertar, e não o Zach.

Mas também sabia que a pancada não seria nem de longe tão ruim se tivesse sido no Zach. Porque eu estava esperando, e ele não.

Por que outro motivo os gerânios pareciam tão vermelhos?

Mas, claro, não falei isso em voz alta. Porque havia aprendido, há muito tempo, que dizer coisas assim em voz alta só levava a perguntas que era muito melhor não responder.

— Toc-toc. — A voz do tio Ted veio flutuando pela porta fechada do quarto. — Podemos entrar?

Tory se levantou e abriu a porta. No corredor estavam meu tio Ted, com Alice, de 5 anos, no colo, e Teddy Jr., de 10, escondido tímido atrás de uma das pernas de Ted.

— Tenho um pessoal aqui — anunciou tio Ted — querendo dar boa-noite à prima Jean antes de ir para a cama.

— Bem — Evelyn pareceu preocupada. — Acho que só por um minutinho não tem problema. Mas...

No instante em que o pai a colocou no chão, Alice deu um salto voador na direção da minha cama, balançando um pedaço de papel branco.

— Prima Jinx, prima Jinx — ela sibilou. — Olha o que eu fiz pra você!

— Cuidado, Alice — gritou tia Evelyn. — Cuidado!

— Tudo bem — eu puxei Alice, que estava usando uma camisola florida, para a cama comigo, como eu costumava fazer com Courtney na época em que ela deixava, e como ainda faço algumas vezes com Sarabeth. — Deixe eu ver o que você fez para mim.

Alice mostrou com orgulho o desenho.

— Olha, é uma pintura do dia em que você nasceu. Tem o hospital, olha, e essa é você, saindo da tia Charlotte.

— Uau — tentei imaginar exatamente o que ensinam às crianças do jardim de infância em Nova York. — Sem dúvida é... explícito.

— A porquinha-da-índia da sala dela teve neném — explicou tio Ted, como se pedisse desculpas.

— E tá vendo aqui? — Alice apontou para uma grande mancha de tinta preta. — Essa é a nuvem de onde saiu o raio, o raio que apagou todas as luzes do hospital quando você nasceu. — Alice se recostou no meu braço, parecendo satisfeita consigo mesma.

Consegui esboçar o que esperava ser um sorriso encorajador e convincente:

— É uma pintura muito legal, Alice. Vou pendurar aqui mesmo, em cima da lareira.

— A lareira não funciona — informou Teddy, falando alto, da ponta da cama.

— Jean sabe disso — rebateu tio Ted. — De qualquer modo está ficando quente demais para acender lareiras, Teddy.

— Eu falei a eles que esse era o melhor quarto para colocar você — disse Teddy. — Porque a lareira já está ferrada. Porque sempre que você está por perto, as coisas quebram.

— Theodore Gardiner Junior! — gritou Evelyn. — Peça desculpas à sua prima agora mesmo!

— Por quê? — perguntou Teddy. — Você mesma disse, mamãe. É por isso que todo mundo chama ela de Jinx.

— Eu conheço um certo mocinho que vai para a cama sem sobremesa — disse tio Ted.

— Por quê? — Teddy ficou perplexo. — Você sabe que é verdade. Olha o que aconteceu hoje. A cabeça dela quebrou.

— Tudo bem — tio Ted segurou o pulso de Teddy e arrastou-o para fora do quarto. — Chega de visitar a prima Jean. Venha, Alice. Vamos ver a Petra. Acho que ela tem uma historinha para contar a vocês dois.

Alice encostou o rosto no meu.

— *Eu* não me importo se as coisas quebram quando você está perto — sussurrou. — Gosto de você, e fico feliz porque está aqui — ela me beijou, com seu cheirinho de criança limpa de 5 anos. — Boa-noite.

— Ah, minha querida — lamentou-se Evelyn quando a porta estava fechada de novo. — Não sei o que dizer.

— Tudo bem — olhei a pintura de Alice. — É tudo verdade.

— Ah, não seja ridícula, Jinx — disse minha tia. — É... Jean. As coisas não se quebram quando você está por perto. Aquilo na noite em que você nasceu foi um, como é que se diz, mesmo? Um tornado, uma tempestade, ou algo assim. E hoje foi só um acidente.

— Tudo bem, tia Evelyn. Não me importo. Verdade.

— Bom, eu me importo. — Evelyn pegou a caneca vazia e se levantou. — Vou dizer às crianças para não chamar você de Jinx. De qualquer modo é um apelido ridículo. Afinal de contas, você é praticamente adulta. Agora, se tem certeza de que não precisa de nada, Tory e eu vamos sair e deixar que você durma. E não vai sair da cama antes das dez da manhã, entendido? O médico disse para fazer bastante repouso. Venha, Tory.

Mas Tory não se mexeu da poltrona.

— Já vou num minuto, mãe.

Evelyn pareceu não ter ouvido.

— Acho melhor eu dar uma ligada para sua mãe — murmurou enquanto saía do quarto. — Só Deus sabe como vou explicar tudo isso. Ela vai me matar.

Quando teve certeza de que a mãe não poderia mais ouvir, Tory fechou em silêncio a porta do quarto e se encostou nela. E me olhou com aqueles seus olhos grandes, azuis e pintados com delineador.

— E então — disse ela. — Há quanto tempo você sabe?

Pousei a pintura que Alice tinha feito para mim. Já passava das nove horas e eu estava realmente cansada... mesmo ainda estando no fuso horário de Iowa, onde ainda nem eram nove horas. Fisicamente, eu estava bem, como havia garantido à tia Evelyn. O galo na cabeça nem doía, a não ser quando era tocado.

Mas a verdade era que me sentia exausta. Só queria entrar naquele lindo banheiro de mármore, me lavar e me arrastar para minha cama grande e confortável e dormir. Só isso. Dormir.

Mas agora parecia que eu teria de esperar. Porque, pelo jeito, Tory queria conversar.

— Quanto tempo sei o quê? — perguntei, esperando que o cansaço não transparecesse na voz.

— Bem, que você é uma bruxa, claro.

CAPÍTULO
6

Pisquei para ela. Tory parecia perfeitamente séria, encostada na porta. Ainda estava com o minivestido preto e a maquiagem continuava perfeita. Quatro horas sentada numa cadeira de plástico na sala de espera de uma emergência de hospital não tinham feito nada para atrapalhar sua beleza.

— Uma o quê? — Minha voz embargou na palavra *quê*.

— Uma bruxa, claro. — Tory deu um sorriso tolerante. — Sei que é, não adianta negar. Uma feiticeira sempre conhece outra.

Comecei a acreditar, não tanto pelo que Tory havia dito, mas pelo modo curiosamente tenso com que ela mantinha o corpo — como nosso gato Stanley sempre fazia lá em casa, quando está se preparando para atacar —, que Tory falava sério.

Essa é a minha sorte. Seria legal se ela só estivesse brincando.

Escolhi as palavras com cuidado:

— Tory, desculpe, mas estou cansada, e realmente quero dormir. Talvez a gente possa falar sobre isso outra hora, certo?

Foi a coisa errada a dizer. De repente, Tory ficou furiosa.

— Ah — ela se empertigou. — Ah, então é *assim*, não é? Você acha que é melhor do que eu porque está treinando há mais tempo, é? É isso? Bom, deixe-me dizer uma coisa, *Jinx*. Por acaso sou a bruxa mais poderosa do meu grupo de bruxas — do meu *coven*, sabe. Gretchen e Lindsey? É, elas não têm nada do meu nível. Ainda estão fazendo feitiços de amor idiotas. Que não funcionam, por sinal. Na escola tem gente com *medo* de mim, de tão forte que sou. O que acha disso, senhora todo-poderosa?

Meu queixo caiu.

O negócio é que eu deveria saber. Não sei por quê — quando mamãe contou a tia Evelyn sobre o que havia acontecido, e tia Evelyn sugeriu que eu poderia ficar um tempo em Nova York — pensei que estaria segura aqui.

Eu deveria saber. Deveria mesmo.

— Isso é por causa do que aconteceu esta tarde? — perguntou Tory. — O lance da maconha? Você ficou com raiva porque descobriu que eu uso drogas?

Ainda perplexa, até mesmo traída, mesmo sem saber o motivo — tia Evelyn não podia fazer ideia do que sua filha estava aprontando, caso contrário teria posto um ponto final —, falei:

— Não, Tory, de verdade. Não me importa o que você faz. Bom, aliás, eu *me importo*. E acho estupidez ficar tomando remédios que não foram receitados para você...

— A Ritalina é só para eu passar pelas provas — interrompeu Tory. — E o Valium é só... bem, algumas vezes tenho dificuldade para dormir. Só isso. — Tory havia atravessado o quarto, e agora afundou na cama. — Não sou do tipo que pega pesado, nem nada. Não uso ecstasy, nem cocaína, nem nada assim. O que é? Seu *coven* é contra usar drogas, ou algo assim? Meu Deus, isso é tão antiquado!

— Tory — eu não conseguia acreditar que isso estava acontecendo —, eu não pertenço a um *coven*, certo? Só quero ficar sozinha. Sem ofensas, mas estou cansada de verdade.

Agora foi a vez de Tory piscar e, quando fez isso, ficou tão parecida com uma coruja, me olhando como se eu fosse uma daquelas torneiras de cisne no banheiro que tivesse começado a falar de repente. Por fim, disse:

— Você realmente não sabe, não é?

Balancei a cabeça.

— Não sei *o quê*?

— Que é uma de nós. Você deveria ter suspeitado. Afinal de contas, as pessoas chamam você de Jinx.

— É, elas me chamam de Jinx — respondi com uma amargura que não tentei disfarçar — porque, como disse o seu irmãozinho, tudo que eu toco estraga.

Mas Tory estava balançando a cabeça.

— Não. Não estraga. Hoje não estragou. Jinx, eu *olhei* você. Estava falando ao telefone com mamãe, e entrei em casa e vi a coisa toda, da sala de estar. — Os olhos de Tory estavam tão brilhantes que pareciam cintilar à luz suave do abajur. — Foi como se você soubesse o que ia acontecer antes que alguém fizesse alguma coisa. Você tirou o Zach do caminho ANTES que a bicicleta batesse na calçada. Você não sabia que o mensageiro ia virar naquela direção. Mas mesmo assim *sabia*. Alguma parte de você *sabia*...

— Claro que uma parte de mim sabia — falei, frustrada. — Eu tenho muita experiência. Se estou por perto, a pior coisa possível pode acontecer, *vai* acontecer. É a história da minha vida. Não consigo *não* estragar as coisas, sempre há algo a estragar.

— Você não estragou nada, Jinx. Você salvou a *vida* de uma pessoa. A vida do *Zach*.

Balancei a cabeça de novo. Era incrível. Era disso que eu tinha vindo me livrar aqui. E agora estava começando tudo de novo. Minha prima Tory, a última pessoa no mundo que eu teria suspeitado, estava tentando começar a coisa toda de novo.

— Olha, Tor, você está fazendo uma tempestade em copo d'água. Eu não...

— Sim, Jinx. Sim, você fez. É o que o Zach disse. Se você não tivesse feito o que fez, Zach seria uma panqueca no asfalto.

De repente meu estômago estava doendo mais do que a cabeça.

— Talvez...

— Jinx, você vai ter de encarar. Você possui o dom.

Minha respiração congelou na garganta.

— O... o quê?

— O dom — repetiu Tory. — Vovó nunca lhe contou sobre Branwen?

Soltei um riso nervoso. O que mais poderia fazer?

— Quer dizer aquela história maluca sobre a tataravó dela, ou sei lá quem? — Tentei demonstrar o máximo de escárnio possível. — Qual é, Tory. Não diga que acredita naquela baboseira. É só uma história maluca que vovó inventa quando as coisas estão chatas no grupo de *bridge* dela lá em Boca...

— Não é baboseira — Tory pareceu irritada. — E não é uma história maluca. Nossa tata-tataravó Branwen era uma feiticeira, lá no País de Gales. E Branwen contou à filha, que contou à filha, que contou à filha, que contou à vovó, que a primeira filha da filha *dela*... isso só acontece com as primeiras filhas... teria o dom. O dom da magia. Algumas vezes o dom pula algumas gerações, acho. Tipo, você, tem o cabelo ruivo de vovó, mas nem sua mãe nem a minha têm.

Minha mão foi defensivamente para o cabelo, como sempre acontecia quando alguém falava dele.

— Tory, realmente não...

— Você não vê? Nossa tata-tata-tata-tataravó Branwen estava falando de *nós*. Nós somos as primogênitas de nossas mães. Ou sei lá o quê. Somos a próxima geração de bruxas da família.

Ah, cara. Respirei fundo. O nó no estômago havia se transformado numa bola de boliche oficial.

— Sem ofensa, Tory. Mas acho que você andou vendo episódios demais de *Charmed*. Ou isso ou ainda está na onda desde que saiu do caramanchão.

Tory suspirou.

— Acho que terei de provar, não é?

Olhei-a, nervosa.

— Como vai fazer isso?

— Não se preocupe — ela riu. — Não vou fazer o colchão levitar nem nada. — Ela desceu da cama e foi para a porta. — A coisa não funciona assim. Fique aqui. — Ela foi para o corredor.

Fantástico. Agora minha prima Tory acha que é bruxa. Isso era tão... típico. Pelo menos da minha sorte.

Sem saber o que fazer, peguei o espelho de mão e olhei de novo para o hematoma. Não havia dúvida. Era um hematoma, e não um galo. Era horrendo e de jeito nenhum iria sumir a tempo do meu primeiro dia de aula. Minha escola nova, exclusiva e PARTICULAR em Manhattan. Sempre que eu pensava nela, me dava vontade de vomitar.

Ah, bem. Para começar, não sou nenhuma rainha da beleza. Como foi que Shawn, o amigo de Tory me chamou? Ah, é. Ruiva. Era isso que eu deveria esperar na segunda-feira? Gente zombando de mim porque tenho cabelo ruivo e venho de um estado tradicionalmente rural? Estou destinada a ser a prima Jean de Iowa pelo resto da vida?

Bem, é melhor do que ser chamada de Jinx. Acho.

Tory voltou para o quarto trazendo uma caixa de sapatos. Fechou a porta e pôs a caixa em cima da cama. Havia algo no modo delicado como ela manuseava a caixa que fez a bola de boliche no meu estômago parecer que se transformava em algo ainda maior. Uma bola de basquete, talvez.

— Se você abrir a tampa dessa caixa — falei — e alguma coisa pular em cima de mim, juro que mato você.

— Nada vai pular em cima de você. Não seja idiota.
— Tory sentou-se e tirou cuidadosamente a tampa. Peguei-me inclinada para a frente, num esforço para ver o que estava no meio daquele papel de seda, mesmo tendo quase certeza de que não queria saber.

Então Tory enfiou a mão na caixa e pegou...

... um boneco.

Minhas entranhas se reviraram. Mal consegui sair da cama e ir até o vaso sanitário antes que cada pedaço do frango *kung pao* e das costeletas que eu havia comido uma hora antes saltassem para fora.

Não sei quanto tempo fiquei ali, arfando. Mas quando saí do banheiro — tenho de admitir que sentindo-me um pouco melhor, pois o emaranhado de nervos no meu estômago do tamanho de uma bola de basquete havia se encolhido até o tamanho de uma castanha —, Tory ainda estava sentada na beira da minha cama, com o boneco no colo.

Tentei afastar os olhos daquele boneco.

— Você está legal? — perguntou Tory, parecendo genuinamente preocupada.

Só confirmei com a cabeça e me arrastei de volta para baixo das cobertas. Os lençóis — que eram muito mais macios do que os da minha casa — estavam frescos e davam alívio à pele.

— Isso foi nojento — comentou Tory.

— Eu sei — respondi, com a cabeça afundando nos travesseiros fofos e de alta densidade. — Desculpe.

— Quer que eu chame a minha mãe?

— Não — fechei os olhos. — Vou ficar legal.

— Bom. Pois é. Quanto ao que eu estava dizendo...
— Tory.
— Torrance — corrigiu ela.
— Torrance — falei com os olhos ainda fechados. — Podemos fazer isso mais tarde?
— Vai ser bem rápido. Bem, está vendo este boneco?

Confirmei com a cabeça, os olhos ainda fechados. Não importava, porque tinha dado uma boa olhada antes da pequena viagem para me curvar diante do deus de louça sanitária. Era um dos bonecos mais malfeitos que eu já vira. Provavelmente Tory mesmo o confeccionara. Era costurado com algum pano cor de pele. Tinha camisa branca e calça cinza, e uma gravata de listras azuis e vermelhas. Havia algo familiar na roupa. O mais estranho do boneco era que, no topo da cabeça, havia um amontoado estranho de algo que parecia cabelo humano, alguns castanho-escuros, e alguns agressivamente pretos como...

... como os de Tory.

Havia um orgulho na voz de minha prima quando ela perguntou:

— Reconhece?

Não tive escolha além de abrir os olhos.

— Não sei... — Só então eu entendi. O boneco usava uniforme da escola Chapman. — Esse deve ser o Shawn? — perguntei num sussurro.

— Não, idiota — Tory riu. Claramente ela não tinha notado que havia alguma coisa errada. Quero dizer, comigo. — É o Zach. Está vendo o cabelo escuro? Consegui fazê-lo deixar que eu aparasse um pouco no mês passado.

Ele achou que eu era maluca! Depois peguei um pouco do cabelo dele e misturei com um pouco do meu, e fiz esse boneco. Enquanto eu mantiver nosso cabelo junto, ele não pode se apaixonar por mais ninguém. É um feitiço, está vendo? Um feitiço de amor. Aprendi na Internet. Maneiro, né?

Um feitiço de amor. Da Internet.

Por um segundo achei que ia vomitar de novo. Felizmente a onda de náusea passou.

— Achei que você estava namorando o Shawn — falei debilmente.

— Estou. Mas sempre tive uma queda pelo Zach. Meu Deus, ele é um tesão, não acha? Claro, ele é meu vizinho desde... tipo sempre. E por um tempo longuíssimo ele mal sabia que eu estava viva. Pelo menos como uma garota. Eu só era a Tory gordinha que morava na casa do lado. Mas as coisas andam melhorando desde que descobri a magia... e desde que fiz esse boneco. Acho que ele finalmente está começando a se interessar.

— Ele não parece fazer o seu tipo, exatamente — pensei no comentário de Zach (*não curto muito me ligar antes do anoitecer*). Pelo menos o tipo que esta Tory nova e — em sua opinião — melhorada, gostaria.

— É — admitiu ela. — Ele curte muito mais a escola do que a balada. Mas, você sabe. É só porque precisa de mim para ganhar um ânimo. Tudo vai mudar quando eu fizer com que ele seja meu.

Quando eu fizer com que ele seja meu.

Fechei os olhos de novo.

— Não acho boa ideia ficar mexendo com bruxaria, Tory.

— Por quê? — Tory pareceu genuinamente surpresa. — Está no nosso destino genético. E vem funcionando, você sabe. Ele não namora ninguém desde que eu fiz o boneco. E vem aqui depois da escola praticamente todo dia.

Pensei no que Robert e os outros haviam dito. Um motivo muito mais provável para Zach vir à casa dos Gardiner todo dia poderia ser o fato de Petra estar lá, e não o fato de Tory ter feito aquele boneco.

Mas não falei em voz alta. Só disse:

— Parece, bem... não sei. Um tipo de assédio.

— Bem — zombou Tory —, você deve saber dessas coisas.

Abri os olhos para lhe lançar um olhar feio, mas não falei nada. O que poderia dizer? Ela estava certa.

Em mais sentidos do que imaginava.

— Tanto faz — Tory deu de ombros. — Olha isso.

Então ela tirou uma agulha que estivera enfiada na caixa de sapatos e cravou na cabeça do boneco Zach.

— Ei! — gritei, sentando ereta na cama, com o coração martelando. — O que você está *fazendo*?

— Relaxa. Estou furando os pensamentos dele. Viu? Agora ele só consegue pensar em mim.

Vou admitir que meio que esperei algum tipo de berro vindo do quarto do Zach na casa ao lado. Felizmente só escutei o borbulhar da fonte no jardim lá embaixo e uma sirene de polícia em algum lugar da cidade.

— Nossa! — Fiquei olhando Tory girar a agulha no crânio recheado de algodão de Zach. — Eu não teria tanta certeza de que é em você que ele está pensando. Acho que ele está pensando em tomar um analgésico.

— Zach não está namorando ninguém desde que eu fiz esse boneco.

— Você já disse isso. — Então, com relutância, porque não sabia direito como Tory iria reagir, perguntei: — Mas ele já convidou você para sair?

— Bem — Tory guardou o boneco de novo na caixa de sapatos. — Não exatamente. Mas eu já disse, ele vem aqui todo...

— ... dia depois da escola. É, você disse isso também. — Balancei a cabeça. — Olha, sinto muito, Tor, mas esse... esse lance de bruxaria... Não é boa ideia. Confie em mim. Certo?

— Não é um *lance de bruxaria*. E não é uma *ideia*. É um fato. Eu sou uma bruxa. Você provavelmente também é, sendo uma primogênita.

A castanha no meu estômago havia se transformado numa laranja.

— Tory. Quero dizer, Torrance. Sério. Podemos falar sobre isso outra hora? Porque realmente não estou me sentindo muito bem.

Tory recolocou a tampa da caixa.

— Se você estiver sentindo alguma coisa, só pode ser alívio. Em saber que, finalmente, não está sozinha. — Tory se inclinou para a frente e pôs a mão sobre a minha. — Você não é uma aberração, Jinx.

Se ao menos ela soubesse!

— Nossa. Obrigada. Isso é... reconfortante.

— Sei que é muita informação para ser digerida de uma vez só — continuou Tory. — E vou admitir que foi um choque para mim, também. O fato é que desde que vovó me contou essa história pela primeira vez, em nossa última visita à Flórida, achei que era *eu*. Que era de mim que Branwen estava falando, a neta a quem seu dom seria passado. Mas não há como negar que, depois do que vi hoje, você, Jinx, também tem o dom. E precisa admitir que é bem provável que, depois de passar por tantas gerações, a previsão de Branwen possa ter se embolado um pouco. Ela devia ter falado das *filhas das filhas* de vovó. E não da filha da filha. Porque vovó tem duas filhas, e cada uma tem uma filha. Por isso, devemos ser nós duas. Nós duas somos feiticeiras. Pode haver espaço para duas bruxas numa geração, não é?

Sem esperar minha resposta, Tory continuou:

— Então, agora você só precisa aprender a usá-lo. Quero dizer, o dom que Branwen deixou para nós. Posso ajudar você totalmente com isso. Você só precisa ir a uma reunião do nosso *coven*. Com nossos poderes, quer dizer, com o seu e o meu combinados, não há como saber o que poderemos fazer. Dominar a escola, para começar. Mas por que parar por aí? Meu Deus, Jinx. A gente podia *dominar o mundo*.

Reagi depressa:

— Não.

Tory ficou surpresa.

— Por quê?

— Porque — respirei fundo de novo. Ela ia ficar com raiva. Eu sabia. Mas a raiva de Tory era melhor do que ela descobrir a verdade — não acho que mexer com magia seja uma coisa boa, sabe? Quero dizer, não sei muito sobre isso, mas digamos que seja realmente verdade, que nossa tatatata-tata-não sei das quantas fosse uma feiticeira, e que tenha passado seus poderes para nós. Seria realmente justo a gente usar isso para prender os caras? Quero dizer, pelo que sei sobre bruxaria, ela não exige que os praticantes usem o poder para fazer o bem, e não o mal?

— Como pode ser ruim fazer o cara de quem você gosta ficar a fim de você? — Tory revirou os olhos. — Por favor. Nem começa a me falar sobre aquela besteira de respeitar a natureza, cultuar as árvores...

Tive de me segurar para não lhe dar um tapa.

— Não é besteira — contive minhas mãos, com esforço. — Pelo que sei, feitiços têm tudo a ver com usar a natureza, a energia da natureza. Se você não respeita aquilo de onde está tirando seu poder, esse poder se vira contra você. E se estiver usando esse poder para alguma coisa negativa, como esse seu boneco, cujo objetivo básico é roubar o livre-arbítrio do Zach de gostar de quem ele quiser, então você só terá negatividade de volta.

Tory não pareceu mais surpresa. Agora estava furiosa. Os lábios bonitos dela haviam praticamente sumido, tamanha a força com que os apertou.

— Ótimo — disse ela. — Ótimo. Eu esperava que você tivesse a mente um pouco mais aberta com relação a isso.

Afinal de contas, é a sua herança. Mas se quiser ser uma caipira sem sofisticação durante a vida toda, a decisão é sua. Só lembre, Jinx. Nós estaremos aqui quando você mudar de ideia.

Ela se levantou, segurando a caixa que continha o boneco do Zach, e foi andando.

— Na verdade — acrescentou quando chegou à porta —, nós estamos *em toda parte*.

Como se eu já não soubesse.

CAPÍTULO
7

— Sai da minha frente.

Desviei-me para a esquerda da pista e ouvi outra pessoa rosnar atrás:

— Ei, dá o fora.

Saí rapidamente e os corredores passaram por mim. Todos estavam passando por mim. Sei que não sou a pessoa mais atlética do mundo, nem nada, mas aquilo era ridículo.

Na verdade a coisa toda era ridícula. O sistema escolar lá em Iowa exige só um ano de educação física no ensino médio, e eu tinha feito o meu no primeiro ano.

Na escola Chapman, por acaso, só o último ano está livre da educação física. O que é ótimo, como a obesidade está tomando conta dos Estados Unidos, é importante ficar em forma, e coisa e tal.

Mas foi assim que eu me vi, no primeiro dia na nova escola, molengando no caminho de terra ao redor do reservatório do Central Park — porque a escola Chapman não tem ginásio esportivo, de modo que fazem as aulas de educação física no parque mais famoso do mundo, com camiseta branca e um short azulão que, na minha opinião, era vergonhosamente curto.

Como se não fosse suficientemente ruim eu ser a pior corredora do mundo, ainda preciso parecer idiota fazendo isso.

É típico da minha sorte.

— Anda — ofegou alguém atrás de mim. E acelerei. Desta vez foi uma garota loura com asas nos pés que passou correndo. Olhei seu rabo de cavalo balançando e desaparecendo numa curva suave da trilha e me perguntei o que existia em mim que já havia me tornado uma pária social na escola Chapman.

A princípio achei que não poderiam ser as roupas que me tornavam tão pária, afinal todo mundo na Chapman tem de usar uniforme.

Então percebi que deviam ser as joias — ou a falta delas. A maioria das garotas das turmas em que estou — inclusive a loura que havia acabado de passar por mim — tinha brincos de diamante, alguns do tamanho das minhas unhas do mindinho. Duvido tremendamente que fossem zircônios.

E os relógios... eu tinha ficado pasma ao saber que o de Tory era um Gucci. Chanelle tinha um Rolex. Ninguém na Chapman parece ter ouvido falar em Swatch ou Timex.

E parece que os mocassins da Nine West não são considerados adequados para uma aluna da Chapman. Mesmo que a única diferença que eu possa detectar entre meus sapatos e os Ferragamos de Tory seja uns quatrocentos dólares, há algo errado com os meus, enquanto os dela são bem-vindos.

Parece que o fato de meus sapatos serem do lugar errado e eu não usar joias caras, junto com o hematoma gigante na testa — sempre um acessório atraente — e minha completa incapacidade de entrar ou sair de uma sala de aula sem tropeçar ou trombar em alguém ou em alguma coisa deviam ser os principais motivos para meu status de fracassada.

No fim das contas, mesmo tão longe de casa, eu não conseguia escapar do apelido, pois foi assim que Tory me chamou, com desprezo, quando larguei uma lata de refrigerante — que explodiu imediatamente — durante o almoço no refeitório no meu primeiro dia, e todo mundo, desde então, seguiu seu exemplo, me chamando de Jinx.

Jinx. Sempre vou ser Jinx.

Você não é uma nota de cem dólares, é o que vovó gostava de dizer a nós, as crianças, durante suas frequentes visitas vinda de sua comunidade de aposentados na Flórida. *Nem todo mundo vai gostar de vocês.*

Imagine se esse não era o maior eufemismo do ano. Como se já não fosse suficientemente difícil ser filha de uma pregadora protestante. Quero dizer: as pessoas esperam que você seja uma princesa ou uma vagaba total, como o personagem de Lori Singer em *Footloose: Ritmo Louco*.

E era como se as pessoas simplesmente... soubessem sobre essa coisa de ser filha de uma pastora. Talvez realmente fosse minha aparência de frescor campestre. Talvez fosse o violino — eu havia entrado para a orquestra da escola, a única aula em que eu parecia remotamente me ajustar... se bem que houve um abalo quando consegui de cara o posto de segundo violino.

Como se fosse minha culpa eu ser uma *nerd* que gosta de ensaiar.

Ou talvez fosse minha falta de familiaridade com Kanye West, *The Hills* e outras músicas e seriados que não temos permissão de ouvir ou assistir na minha casa, por causa dos meus irmãos mais novos.

O que quer que fosse — todas as opções acima ou algo que eu ainda nem havia pensado — era como se alguém tivesse carimbado PERDEDORA na minha testa, e a maioria da população estudantil da Chapman reagiu de acordo.

Mas pelo menos aqui na vastidão do Central Park não havia muita gente para me ver fazendo besteira, tropeçando numa raiz de árvore enquanto corria ou sei lá o quê. Claro, era minha sorte ter começado na escola no primeiro dia do Desafio Físico Presidencial, parte do qual implicava uma corrida com tempo marcado. Eu realmente achei que o professor de educação física estava brincando quando apontou para o reservatório — que na minha opinião mais parece um lago — e nos informou que iríamos dar duas voltas ao redor dele.

O cara estava brincando?

Parecia que não, porque o resto da turma — com tantas pessoas, e todas vestidas do mesmo jeito, e eu tão tímida, não querendo encarar ninguém, nem pudera dar uma boa olhada em nenhum deles para avaliar a concorrência, por assim dizer — partiu à toda pela trilha de terra. Tive de me apressar para acompanhá-los.

Mesmo assim não foi completamente desagradável. Era estranho estar no meio daquela selva — com árvores tão grossas a toda volta — e ainda assim conseguir ver os arranha-céus acima dos galhos mais altos.

E havia outras pessoas na trilha, além da minha turma. Havia turistas curtindo um passeio no parque com suas pochetes e máquinas fotográficas e grupos de crianças pequenas, indo com seus professores visitar o Museu de História Natural. E até mesmo cavaleiros vestindo culotes e capacetes pretos, trotando ao lado do pessoal que corria.

Na verdade era, de certa forma, legal.

Bem, a não ser pela parte de correr.

E, então, a voz de um cara disse atrás de mim:

— Ei.

Pensando que era mais alguém querendo que eu saísse da frente — mesmo eu estando no canto da pista, quase saindo dela — olhei para trás, chateada.

E tropecei numa raiz.

— Uau. — O corredor diminuiu a velocidade e se curvou. — Você está legal, prima Jean de Iowa?

Eu não havia caído. Pelo menos. Tinha tropeçado, mas não caído de cara, nem me machucado, pela primeira vez. Estiquei as costas e disse, esperando que ele não pudesse ver como meu coração estava disparado (e não era só por causa do exercício) ao mesmo tempo que tentava não dar um sorriso largo demais:

— Oi, Zach.

Ele riu para mim. Como eu, Zach vestia camiseta branca. Mas, ao contrário de mim, seu short azulão não parecia curto demais. Parecia perfeito.

Mais do que perfeito. Parecia *fantástico*.

— Não sabia que você estava nesta turma — franzi a sobrancelha. — *Por que* você está nesta turma? Achei que era mais adiantado.

Zach deu de ombros.

— A Chapman exige três anos de educação física. Portanto, aqui estou.

— Ah — respondi com inteligência.

Alguns corredores vieram fazendo a curva a toda velocidade. Zach me segurou pelo braço e me puxou para fora do caminho, entrando no meio do mato baixo.

— Nossa — ele olhou os corredores, claramente chateado. — O que eles acham que isso é, os Jogos Olímpicos?

— Bem... — Eu não conseguia pensar em mais nada para dizer. — Acho melhor a gente se juntar a eles, senão o presidente vai ficar desapontado com nossa falta de forma física.

Zach olhou o relógio. Não pude ver se era um Rolex, como o de todo mundo na Chapman. Mas parecia bem impressionante.

— Vou lhe dizer uma coisa. Não acredito que o presidente esteja preocupado com minha forma física. Vamos sair daqui.

Olhei de volta para a pista.

— Mas se a gente não terminar a corrida...

— Ah, vamos terminar — Zach ainda ria. — Vamos chegar bufando junto com os melhores. Só que conheço um atalho...

Olhei para a trilha de terra, depois de novo para Zach. Nunca na vida matei aula. Quero dizer, minha mãe é pastora.

Mas então meio que caí na real: mamãe não estava exatamente por perto.

Felizmente o nó no meu estômago — que estivera crescendo e encolhendo o dia inteiro, dependendo das circunstâncias — aparentemente havia adormecido nessa hora... mas eu não fazia ideia se era por causa da presença de Zach, ou apesar dela. Por isso, acabei concordando:

— Bem, está certo. Se você promete que a gente não vai se encrencar. Não quero confusão no meu primeiro dia.

Ele levantou três dedos.

— Palavra de escoteiro.

Sorri.

— Duvido que você tenha sido escoteiro. Aposto que *nem* existem escoteiros em Nova York.

— Bem, provavelmente existem, mas você está certa. Nunca fui.

Em vez de nos levar para as profundezas selvagens do parque, como eu havia temido, o atalho de Zach nos conduziu para uma calçada pavimentada que não estava exatamente apinhada, mas que tinha sorveteiros e turistas suficientes para me deixar à vontade. O melhor foi que Zach foi direto até um sorveteiro e se virou para me perguntar:

— Qual vai ser?

Parei para olhar as fotos na lateral do carrinho. Não reconheci quase nada. Até o *sorvete* em Nova York é diferente.

— Ih — falei olhando um enorme picolé vermelho, branco e azul. — O que é *isso*?

— Dois Jetstars Jumbo — Zach informou ao sorveteiro. Para mim, falou: — Também conhecidos como Foguetes. Não acredito que você nunca tomou um. O que vocês tomam lá em Iowa? Sorvete de batata?

Ofendida em nome do meu estado, respondi indignada:

— Isso acontece em Idaho. E existe um monte de sorvetes bons em Iowa. Como as casquinhas com calda de cereja.

Zach deu de ombros.

— Aposto que vocês não têm *gelato*.

— Claro que temos.

— E eu sei o que é uma casquinha com calda de cereja. Também sei que é nojento, e certamente não é algo que eu iria me gabar por ter ingerido. — O vendedor entregou os dois picolés a Zach, que lhe passou uma nota de cinco dólares que tirou da meia de ginástica. E foi então que percebi que eu estava sem dinheiro.

— É por minha conta — disse Zach, quando falei isso. Depois me entregou um Jetstar Jumbo com um floreio elegante. — É o mínimo que posso fazer, considerando que você salvou minha vida. Se estivéssemos na Antiguidade, acho que eu lhe deveria servidão eterna, ou algo assim

Senti que estava ficando tão vermelha quanto o topo superior do picolé na minha mão

— Não salvei sua vida.

— É? — Zach achou divertido. — Como quiser, então. O que achou do Foguete?

O gosto era igual ao de qualquer outro picolé que eu já havia tomado, mas, para ser educada, falei:

— Muito bom.

— Eu te disse.

Na verdade, o picolé estava me refrescando um pouco. Fazia calor, para abril, e agora que havíamos saído da sombra das árvores, o sol batia forte. O tempo quente havia trazido os patinadores para a rua, além de sorveteiros e babás empurrando carrinhos de neném. Vi até algumas pessoas tomando banho de sol.

— Então — comentou Zach enquanto passeávamos. — Seu hematoma está melhor.

Pus a mão na testa, sem jeito. Zach só estava sendo gentil, claro. O hematoma, no mínimo, parecia pior do que nunca. Zach o tinha visto na véspera, quando ele e os pais foram à casa dos Gardiner para ver como eu estava. Para meu vexame completo e absoluto, eles haviam trazido duas dúzias de rosas que me presentearam com agradecimentos pelo que achavam que eu tinha feito por Zach.

Tentei ser graciosa, como mamãe desejaria. Mas era difícil. Quero dizer, todo mundo — não somente Tory — achava que eu tinha feito um negócio gigantesco, nobre, me jogando no caminho daquele ciclista descontrolado. Quando na verdade eu apenas havia sido a azarada de sempre. Durante todo o tempo em que Zach e seus pais estiveram lá, eu só queria que um buraco se abrisse no piso de parquê dos Gardiner e me engolisse viva. Os pais de Zach eram superchiques, o pai era advogado do *show business*, a mãe, advogada tributária, e sem dúvida eram pessoas muito legais.

Mas eu teria preferido mil vezes que eles tivessem ficado em casa. Nem de longe sou a pessoa mais sociável do mundo, e fiquei tremendamente desconfortável sendo o foco de tanta atenção.

Era péssimo, na verdade, que tenha sido eu, e não Tory, a estar lá quando o ciclista quase acertou Zach. Se Tory, e não eu, tivesse salvado Zach, ela adoraria a agitação, as rosas, a preocupação. Em vez disso, ela fora obrigada a curtir tudo aquilo em segunda mão, encostada na parede com um joelho envolto na meia-arrastão, meio dobrado, e um minúsculo sorriso felino nos lábios, olhando enquanto eu respondia desconfortavelmente às tentativas educadas de conversa da parte dos pais de Zach.

Zach, por sua vez, ficou no sofá branco da sala íntima dos Gardiner com uma Coca aninhada nas mãos, contribuindo pouco, mas sorrindo um bocado. Mais tarde Tory observou que Zach estivera olhando o tempo todo para o joelho dela. Porque, sabe como é, ele é tão doido por ela, ou sei lá o quê.

Tive uma impressão um tanto diferente — que Zach estivera olhando para *mim*. Porque toda vez que eu levantava os olhos o olhar dele parecia encontrar o meu.

Mas não falei isso com Tory. E era bem provável que eu estivesse errada, e ele *estivesse* mesmo olhando o joelho de Tory.

Mesmo assim, todo mundo teve oportunidades suficientes de olhar meu hematoma, analisar o tamanho e a cor, e avaliar quanto tempo demoraria para sumir. Quase considerei a ideia de refazer as malas e voltar para Iowa (não que eu fosse realmente fazer isso, é claro).

Mas isso me fez sentir saudade da minha família, que aceita numa boa meus esbarrões absurdos com o destino (e coisas como mensageiros de bicicleta). Nem mesmo ler e responder os vários e-mails da minha melhor amiga, Stacy, no laptop que tio Ted me emprestou mais tarde naquela noite, ajudou.

Mas, então, me lembrei de que ganhar de presente duas dúzias de rosas dos pais de um garoto por quem (posso muito bem admitir) eu estava meio caidinha — e que eu sabia que nunca gostaria de mim porque estava caidinho por uma bela *au pair* alemã — era infinitamente melhor do que em geral acontecia na minha cidade.

Agora olhei para meu Jetstar Jumbo (desejando mais do que nunca que, há tantos meses, eu tivesse feito uma escolha bem diferente) e disse:

— Obrigada.

— O que ainda não deduzi — Zach continuou, enquanto passávamos por um laguinho onde pessoas (até alguns homens adultos) brincavam com pequenas miniaturas de barcos — é por que todo mundo na sua família chama você de Jinx.

Suspirei.

— Acho que é perfeitamente óbvio, depois do que aconteceu. Eu sou um ímã de azar. Na verdade, desde que nasci, onde quer que eu esteja... bem, as coisas parecem sempre dar errado. — Contei sobre a tempestade que se formou no momento exato em que nasci, e as pessoas que tiveram de ser levadas de helicóptero para o hospital do outro condado porque toda a energia elétrica pifou.

— O médico que fez o parto brincou dizendo que deveriam me chamar de Jinx, e não de Jean — prossegui. — E todo mundo achou muito engraçado, por isso o apelido pegou. Infelizmente.

Zach deu de ombros.

— Bom, não é tão ruim. Meu pai tem uma cliente que nasceu com um monte de cuspe na boca, por isso todo mundo a chama de Bolhão. Poderia ser pior.

— Acho que sim.

Mas duvido que Bolhão tenha passado o resto da vida com saliva borbulhando na boca, ao passo que meu azar ainda não acabou, e já se passaram 16 anos.

O que me lembrou de uma coisa que eu queria perguntar a Zach, se eu esbarrasse com ele de novo.

— A minha prima Tory — comecei hesitando. Porque, claro, mesmo sabendo o que Tory sentia por *ele*, não sabia como Zach se sentia com relação a Tory. Lembrei-me de como ele tinha ficado surpreso quando Robert falou de sua queda por Petra... e da queda de Tory por ele.

— Siiiiim? — Ele esticou a palavra a ponto de ficar com várias sílabas.

— Ela usa... é... drogas... sempre? Quero dizer, tipo: é um problema? Ou só uma curtição? Não que eu vá dizer alguma coisa aos pais dela — acrescentei depressa. A outra coisa ruim de ser filha de pastora é que todo mundo presume automaticamente que você é dedo-duro. — Mas se for sério...

— É difícil ser filha de pastora — Zach jogou uma moeda, que ele havia encontrado, no laguinho perto do qual estávamos. — Não é?

Uau. Fiquei vermelha. Era como se ele estivesse lendo meu pensamento.

— É. Algumas vezes é — senti meu coração acelerar de novo. Fica fria, Jean. Ele está apaixonado por Petra, com quem você nunca poderia competir. Mesmo se quisesse. Mas não quer, porque ela é sua amiga.

— Foi o que pensei. Não conte a ninguém, vai destruir minha reputação, mas *Seventh Heaven* era meu seriado predileto quando eu era criança. — Ele piscou.

Ri. Eu gostava de como parecia que, quando eu estava com ele, o nó no estômago aparentava sumir.

— Na verdade não é assim — falei. — Pelo menos não é tão mau. Eu só... estou preocupada com ela.

— A maior parte do que sua prima Tory diz e faz, ela diz e faz para ganhar atenção. Sua tia e seu tio são pessoas ocupadas, e Tory gosta de um drama, caso você não tenha notado. Acho que ela acha que tem de ir aos extremos para ser notada. Tipo esse lance de ser bruxa.

A dor no meu estômago voltou, mais forte ainda. Uau. E eu que tinha pensado que ela sumia quando Zach estava perto.

— Ah — meu coração ficou descontrolado, em vez de acelerar. E não de um modo bom. — Você sabia disso?

— Fala sério! Acho que Tory se certificou de que a escola toda soubesse. Ela e aquele *coven*. Uma vez elas chegaram a levar um caldeirão para a escola, para fazer uns feitiçozinhos no refeitório. Só que dispararam o alarme de incêndio. O diretor Baldwin ficou *puto*. Tory tentou fazer um alarde, dizendo que ele estava impedindo que ela praticasse sua religião. Como se bruxaria fosse religião.

— Na verdade — falei, incomodada pelo jeito dele —, pode ser. Mas você não deveria misturar o que Tory e as amigas dela estão fazendo, isso de brincar de ser bruxa, com bruxaria de verdade. As bruxas de verdade não fazem feitiços para atrair atenção, e sim porque isso lhes dá realização espiritual. E a bruxaria, se for bem-feita, tem mais a ver com agradecer à natureza, e demonstrar apreciação por ela, do que tentar dominá-la ou... ou fazer coisas aparecerem por magia.

— Não diga que você também é uma delas — o tom dele era de desaprovação.

— Não sou — garanti, depressa. — Mas um dos efeitos colaterais de ser filha de pastora é um interesse pelas práticas espirituais. *Todas* as práticas espirituais. Posso lhe falar sobre xamanismo, também, se você quiser.

— Fica para a próxima. Acho que isso significa que vou ter de aceitar sua palavra no quesito espiritual. Mesmo assim, não posso deixar de pensar que sua prima não está nessa por algum motivo tipo Nova Era, porque virou comedora de granola e coisa e tal, e sim porque é a nova moda no grupinho social dela.

— Acho que para Tory a coisa é um pouco mais profunda do que isso — falei, pensando em como ela havia ficado com raiva de mim durante a conversa sobre nossa ancestral, Branwen, na primeira noite que passei em Nova York. — Mas fico aliviada porque você acha que ela não tem problemas. Quero dizer, com drogas.

— Com toda a sinceridade, acho que Tory é inteligente demais para perder o controle desse jeito. Acho que muito do que você viu no caramanchão naquele dia foi só... bem, para se mostrar.

Para ele. Zach não disse, mas para quem mais Tory estaria se mostrando?

A questão era: ele sabia?

Achei que poderia ser melhor mudar de assunto, porque a última coisa que eu queria era ser acusada por Tory de falar dela pelas costas — e esse tipo de coisa costuma voltar para as pessoas —, por isso, perguntei:

— Então, onde você esteve durante o intercâmbio?

As descrições de Zach sobre as paisagens e os sons de Florença, na Itália, nos levaram até a esquina da Quinta Avenida com a rua Oitenta e Nove, onde o professor Winthrop, de educação física, estava esperando com seu cronômetro. Jogamos os picolés longe — eu só havia conseguido chegar à parte branca do meu Foguete, e nem tinha provado a azul — e fiz alguns alongamentos para preparar nossa grande chegada. Então, agachados atrás de alguns arbustos, esperamos até que um bando de corredores com shorts azulões viessem na nossa direção. Então corremos para nos juntar a eles...

... e partimos na direção do professor Winthrop e o cronômetro, ofegando tanto quanto se tivéssemos corrido quinze quilômetros, e não apenas uma fração minúscula de um.

— Excelente, Rosen — o professor jogou uma toalha na direção de Zach. — Você cortou um minuto inteiro do tempo que fez no segundo ano.

Não consegui mais conter um ataque de riso, em especial quando Zach disse em tom sombrio, pendurando a toalha no pescoço:

— Obrigado, professor. Andei treinando um bocado.

Mais tarde, enquanto voltávamos para a escola, Zach me encontrou no grupo de garotas que tentava ir para o vestiário feminino para trocar de roupa, e perguntou:

— Ei, Jean, já experimentou souvlaki?

— Não. — Senti que eu estava ficando vermelha porque, claro, as outras garotas se viraram para ver com quem ele estava falando.

— Ah, cara — Zach sorriu, misterioso. — Amanhã vamos experimentar o souvlaki. Prepare-se para curtir. — E, sem dizer mais nada, ele se enfiou no vestiário masculino.

Uau. Então Zach estava planejando me levar para um souvlaki amanhã durante o tempo de aula.

O que era uma espécie de encontro.

Bom, certo, talvez não, porque provavelmente ele só estava fazendo isso para compensar aquele negócio de eu ter salvado sua vida.

Mas mesmo assim.

Só quando eu havia tomado banho e ia para a próxima aula entorpecida como num sonho foi que me lembrei de que Zach não era exatamente um homem livre. Quero dizer, se os boatos fossem verdade, ele estava apaixonado por Petra...

... e minha prima estava loucamente apaixonada por ele.

Louca o bastante para fazer um boneco dele e cravar alfinetes.

O que significava que, se eu fizesse alguma coisa para desagradá-la — tipo ir para um souvlaki com o cara de quem ela gostava — nada iria impedi-la de fazer a mesma coisa comigo.

E eu tinha certeza de que não seria meus pensamentos que ela estaria furando.

No entanto, lembrando o modo como os olhos verdes de Zach haviam rido para os meus na linha de chegada da educação física naquele dia, descobri que nem me importava. Não me importava se Tory o amava. E não me importava se ele, por sua vez, amava Petra.

Para ver como eu tinha ido longe.

Seria de imaginar, dada minha experiência de vida, que eu reconheceria os sinais de alerta.

Mas isso só serve para mostrar como minha sorte é um horror.

CAPÍTULO 8

Foi quando eu estava derramando a areia usada de Mouche num saco de lixo que vi.

Tarefas. Elas eram importantíssimas no lar dos Gardiner. Não porque houvesse tantas. Era porque havia tão poucas. Graças a Petra, a *au pair*, Marta, a empregada, e Jorge, o jardineiro, não restava muita coisa para a gente fazer na casa.

Mas tia Evelyn e tio Ted acreditavam, tanto quanto meus pais, que os filhos precisavam aprender a ter responsabilidades, de modo que alguns dias depois da minha chegada — assim que o hematoma teve chance de sumir — houve alguma discussão sobre qual seria a minha "tarefa".

— Ela não pode ficar com o meu trabalho — havia declarado Teddy. Estávamos comendo o filé-mignon que Petra havia prometido fazer na noite da minha chegada... só que com algumas noites de atraso. — Sou encarregado de esvaziar a lavadora de pratos quando Maria não está aqui e de alimentar os koi. E *gosto* dos meus trabalhos.

— Ela pode ficar com os meus trabalhos — murmurou Tory. Justo naquela manhã ela havia decidido que era vegetariana e tinha obrigado Petra a lhe preparar tofu em vez do filé-mignon. E me pareceu que estava se arrependendo da decisão, se o modo como olhava para o meu bife indicava alguma coisa. — Encher a lavadora de pratos e cuidar da caixa de areia da gata. Não sei por que *eu* tenho de limpar a caixa da gata todo dia.

Tia Evelyn olhou sombria para Tory.

— Porque foi você que quis a gata. Você disse que assumiria toda a responsabilidade por ela.

Tory revirou os olhos.

— Aquela gata é o animal mais ingrato que eu já vi. Ela dorme com *Alice* toda noite, mesmo que seja *eu* quem lhe dê comida e limpe a caixa.

Alice, que estava comendo seu filé-mignon estilo hambúrguer, entre duas fatias de pão branco e encharcado de ketchup, rebateu indignada:

— Talvez se você não gritasse com Mouche o tempo todo porque solta pelos em suas roupas pretas ela quisesse dormir mais com você.

Tory revirou os olhos de novo:

— Só deem a Jinx a tarefa da caixa da gata.

Tia Evelyn não aprovou o novo arranjo — eu ficar com o serviço de Tory, de monitorar a caixa de areia de Mouche —, mas foi o que aconteceu. Também me ofereci para ficar com Teddy e Alice na tarde em que o horário de aulas de Petra não lhe permitia voltar à cidade a tempo, uma tarefa formalmente realizada por Marta... Acho que porque ninguém tinha conseguido obrigar Tory a fazer isso. Nem mesmo seus pais.

Mas, afinal, não me incomodei, exatamente. Gostava mesmo dos meus primos mais novos, porque me lembravam dos meus irmãos menores, de quem eu sentia muito mais falta do que havia imaginado — a aspirante a modelo Courtney, de 13 anos; o fanático por beisebol Jeremy, de 10; Sarabeth, de 7, obcecada pelas Bratz; e especialmente Henry, de 4 anos, o bebê da família.

Ter tarefas a realizar, como as que eu havia deixado para trás, fez com que eu me sentisse menos solitária e mais fazendo parte da família Gardiner, o que, por sua vez, fazia com que eu sentisse menos falta da minha.

Mesmo assim, quando o dia da semanada chegou e tia Evelyn me deu uma nota de cinquenta dólares nova em folha, eu soube que não estava mais em Iowa.

Olhando para o dinheiro, perguntei:

— Para quê é isso? — pensando que ela devia querer o troco.

— Sua semanada. — Tia Evelyn entregou uma nota idêntica a Tory. Teddy e Alice, cujas necessidades financeiras aparentemente eram menos dramáticas, receberam uma nota de vinte e uma de dez, respectivamente.

— Mas... — Olhei para a nota. Cinquenta dólares? Em troca de limpar a caixa de areia de Mouche e pegar as crianças na escola uma vez por semana? — Não posso aceitar isso. A senhora já paga a escola, deixa eu ficar aqui e tudo o mais...

Eu suspeitava de que os Gardiner tinham feito mais do que isso, até. Não podia ter certeza, mas achava, pelas coisas que ouvi na escola, que não era qualquer um que era aceito na Chapman. Havia uma lista de espera, e pelo jeito eu havia pulado à frente, devido a uma "doação" que os Gardiner haviam feito em meu nome. Não sei se meus pais sabiam disso, mas certamente eu sabia, o que me deixou mais consciente do que nunca do quanto devia aos Gardiner. Em especial porque eu havia trazido junto o motivo para minha necessidade da transferência para a Chapman.

Eu *não* merecia nem mais um *centavo* do dinheiro deles. Mas parecia que eles achavam o contrário.

— Honestamente, Jean — disse tia Evelyn —, eu lhe devo pelo menos isso só por cuidar do Teddy e da Alice toda quarta-feira. Qualquer babá em Manhattan cobraria muito mais.

— É, mas... — tipo, eu vinha cuidando dos meus irmãos, de graça, durante a vida inteira. — Verdade, acho que não...

— Meu Deus, Jinx. — Tory balançou a cabeça, incrédula. — Você pirou? Pega logo o dinheiro.

— Concordo — disse tia Evelyn. — Pegue o dinheiro, Jean. Tenho certeza de que neste fim de semana você vai querer ir ao cinema ou alguma coisa com seus novos amigos da escola. Aproveite. Você merece.

Não observei exatamente que não tinha novos amigos da escola. Ah, havia o pessoal da orquestra, que gostava de mim, depois que eles superaram o fato de uma estranha ganhar o posto de segundo violino logo no primeiro dia. Se você consegue tocar um instrumento, sempre vai se dar bem com o pessoal da orquestra.

E havia Chanelle, com quem eu me sentava na hora do almoço. Mas na verdade, ela era amiga de Tory — ainda que não participasse do lance *coven* de Tory, Gretchen e Lindsey, e só parecia estar ali, na verdade, porque era onde seu namorado, Robert, se sentava com Shawn. Tory também me deixava sentar junto, mas nunca sem dar a impressão de que, ao permitir isso, estava me concedendo um favor gigantesco. Eu sabia que ela preferiria que eu me sentasse com o pessoal da orquestra. *Eu* também preferiria me sentar com eles.

Mas não conseguia pensar num modo de fazer isso sem provocar um comentário sarcástico de Tory. Porque, mesmo sabendo que ela não me queria ali, tinha certeza de que ela gostaria ainda menos se eu a abandonasse. Ela não havia sido exatamente a Sra. Amigável desde a conversa sobre Branwen.

Mesmo assim, mesmo sentindo que não era justo, arranjei um uso para meu súbito ganho financeiro no primeiro dia em que troquei a areia da caixa de Mouche.

Os Gardiner gostavam daquele tipo de areia que formava bolos, que é fácil de limpar, já que só é preciso raspar com uma pazinha com ranhuras.

Mas ou a areia era de qualidade inferior ou Tory não a trocava há muito tempo, porque, não importando o quanto eu raspasse, ainda fedia... muito. O odor de amônia da urina de gato literalmente enchia a lavanderia onde ficava a caixa de areia. Senti pena de Marta, que tinha de lavar roupa ali.

Assim, achei um saco de areia de gato fechado e decidi dar a Mouche um suprimento novo, depois de jogar fora o velho.

A princípio não entendi o que via. Achei que tinha de ser um acidente. Depois vi a fita adesiva e percebi que não havia sido acidental. Larguei a caixa vazia como se ela tivesse pegando fogo.

Porque, mesmo eu tendo jogado fora toda a areia velha, a caixa não estava vazia. Não completamente. Presa com fita adesiva no fundo, previamente escondida sob vários centímetros de areia de gato velha e fedorenta, havia uma foto. Uma foto que, apesar de arranhada e consideravelmente desbotada, eu podia ver que era de Petra.

Não pude acreditar. Realmente não pude acreditar. Porque eu sabia quem tinha posto a foto ali.

Também sabia por quê.

Só não podia acreditar que alguém — *qualquer pessoa* — seria tão má.

Talvez, pensei, enquanto descolava cuidadosamente a foto do fundo da caixa, Tory não soubesse o que estava fazendo. Ela *não podia* saber. *Ninguém* que soubesse o que algo assim poderia fazer a alguém iria ao menos tentar... nem mesmo contra o pior inimigo...

Ah, certo. Quem eu estava tentando enganar? Tory sabia *exatamente* o que estava fazendo.

Motivo pelo qual eu sabia que não tinha opção além de tentar impedi-la... fosse como fosse.

Mesmo que isso significasse quebrar minha promessa. E, tudo bem, tinha sido só uma promessa a mim mesma. Mas algumas vezes essas são as mais difíceis de quebrar.

Descobri na Internet o que eu precisava... uma loja — uma *loja* de verdade — que vendia o que eu estava procurando. Em Hancock, uma loja assim certamente seria fechada por cidadãos ultrajados.

Mas em Nova York aparentemente isso não era motivo de preocupação.

A loja, que ficava no East Village, fechava às sete. Eu tinha duas horas para pensar em como chegaria lá.

O metrô era a escolha mais lógica, mas como eu nunca havia andado de metrô em Nova York, a ideia de fazer isso me encheu de terror.

O problema era: o que poderia acontecer se eu *não* fizesse a viagem me enchia mais ainda de terror... só que por motivos diferentes.

Assim pesquei um mapa do metrô numa gaveta da cozinha, onde eu sabia que tia Evelyn guardava esse tipo de coisa, e saí de casa, estudando o mapa cuidadosamente enquanto andava.

Tinha dado aproximadamente três passos quando alguém estendeu a mão e amassou o mapa na minha frente. Com o coração martelando, levantei os olhos...

... e quase tropecei quando vi que era Zach Rosen.

— Não ande pelas ruas de Nova York com a cabeça enfiada num mapa do metrô. As pessoas vão saber que você é de fora da cidade, e vão tentar se aproveitar.

Depois de ter passado todas as aulas de educação física daquela semana matando o Desafio Presidencial com ele, explorando as iguarias do que Zach chama de Cafés Guarda-Sol do Central Park, inclusive o delicioso — e misterioso — souvlaki, senti-me confortável o bastante para perguntar:

— Preciso ir ao East Village. Sabe que metrô devo pegar?

Zach, que havia tirado a mochila do ombro e obviamente estava acabando de chegar de algum lugar, mesmo assim pendurou-a de novo.

— Vamos.

Certo, ESSA não era uma resposta que eu tivesse previsto.

— Não — quase gritei, desnorteada. Porque ele era a última pessoa que eu queria que soubesse onde eu estava indo. Não porque ainda estivesse caída por ele... o que eu estava, claro, mesmo sabendo que isso era completamente inútil. Na verdade, no dia anterior eu tinha conseguido que Zach admitisse que estava apaixonado por Petra. A conversa — que havia acontecido na cozinha dos Gardiner depois das aulas, onde eu o encontrei se recuperando de um jogo de bola com Teddy na frente da casa — tinha sido assim:

Eu (juntando toda a coragem, depois de Petra ter finalmente saído da cozinha com Teddy, para supervisionar a lavagem de suas mãos excepcionalmente sujas antes de deixar que ele provasse os biscoitos que ela havia acabado de fazer): — Então, é verdade que você é apaixonado por Petra?

Zach (engasgando com um biscoito): — Por que você acha isso?

Eu: — Porque Robert disse, no dia em que conheci vocês, que esse é o único motivo para você vir aqui.

Zach: — E, como sabemos, Robert é uma autoridade consumada em todas as coisas, tendo uma percepção extremamente aguçada que não é de modo algum comprometida por substâncias que alteram a mente.

Eu (com o coração batendo rápido): — Quer dizer que o Robert está errado? Você nunca gostou de Petra?

Zach — Devo admitir que houve um tempo em que achei Petra bem interessante.

Eu (nem um pouco com ciúme, porque Petra realmente *é* interessante, além de gentil e uma cozinheira fantástica): — Mas ela tem namorado.

Zach: — Eu sei. Conheci o cara. Willem. É um cara bem legal.

Eu: — Mas você continua vindo aqui.

Zach (levanta-se): — O fato de eu vir aqui incomoda você? Porque posso ir embora.

Eu (em pânico): — Não! Só que... você sabe. Fico pensando por que você ainda vem aqui. Se sabe que ela tem namorado.

Zach (estendendo um biscoito): — A quantidade de coisas boas preparadas aqui não é desculpa suficiente?

Eu: — Admita. Você ainda acha que tem chance com ela.

Zach: — Há alguém nesta casa com quem você acha que eu teria mais chance?

Eu (pensando em Tory, com quem ele definitivamente tem mais chance, mas de quem ele definitivamente deveria ficar longe, considerando aquele boneco): — Acho que não.
Zach (parecendo achar divertido): — Bom, então...

O negócio é que nem me importo se ele ama Petra. Porque, para começar, isso nos dá bastante assunto — não que a gente tenha carência nesse quesito, pois parecemos ter a mesma opinião sobre um monte de coisas, como política, comida, música (se bem que Zach não era muito familiarizado com música clássica), um ódio contra qualquer tipo de esporte organizado e contra o jeito deplorável com que a qualidade do seriado *Seventh Heaven* havia caído depois que Jessica Biel deixou de ser parte do elenco em tempo integral.

Mas nas raras ocasiões em que há uma calmaria na conversa, eu sempre podia mencionar algo relacionado a Petra — como, por exemplo, sugerir que Zach fizesse aulas de alemão para surpreendê-la perguntando como ela estava, em sua língua nativa, ou algo assim. Pessoalmente acho que ele realmente apreciou minha ajuda na tentativa de conquistá-la.

E eu, por minha vez, realmente apreciava o fato de que não precisava me preocupar com a aparência nem como agia perto dele. Não importava que meu short da escola Chapman fosse tão medonho, ou que eu entrasse no caminho dos patinadores quase diariamente e que ele precisasse me puxar para a segurança. Porque ele não estava interessado em mim nesse sentido. Éramos só amigos. Quando eu estava com Zach, podia esquecer todas as coisas horríveis das quais vivia fugindo, e simplesmente relaxar. Meu estômago nem doía quando eu estava com ele... bem, a não ser que por acaso eu pegasse a mente vagueando e imaginasse o que poderia acontecer se de algum modo Petra desaparecesse de cena, e Zach — milagre dos milagres — *por acaso* pensasse em mim como algo mais do que uma amiga.

Era então que meu estômago embolava. Porque, claro, ele havia deixado evidente como se sentia com relação a bruxas e bruxaria, e havia...

Bem. O meu passado.

E havia Tory.

Mas eu tentava falar dela o mínimo possível. Ainda não sabia se Zach sabia o quanto ela gostava dele — ou se, deixando de lado o negócio de bruxa, se ele poderia gostar dela também. Na verdade eu não sabia como qualquer cara *não ficaria* lisonjeado ao saber que uma garota linda como Tory gostava dele.

Mesmo assim, mesmo sendo verdade que Zach e eu éramos amigos, não éramos amigos a ponto de discutir a paixão de Tory por ele — e *definitivamente* não éramos amigos a ponto de eu deixar que ele soubesse aonde eu ia naquele dia.

— Não, não precisa ir comigo — falei rapidamente. — Pode só me informar como eu chego à rua Nove entre a Segunda Avenida e a Primeira?

Mas ele simplesmente balançou a cabeça.

— Nã-nã-não. Você não vai até lá sozinha. As pessoas chamam você de Jinx por algum motivo, não é? Só Deus sabe que tipo de desastre poderia acontecer.

— Mas...

— Se acha que vou deixar você ir ao East Village sozinha, pirou de vez. — Ele segurou meu braço e me girou. — Para começar, ainda lhe devo servidão eterna por ter salvado minha vida, lembra? E, além disso, a estação de metrô fica daquele lado, idiota. Vamos.

Não há nada de romântico em ser chamada de idiota. Fala sério! Especialmente porque eu sabia que de jeito nenhum Zach iria se interessar por uma violinista ruiva, filha de pastora, quando houvesse a mais remota chance de ele ter Petra, a lindíssima estudante de fisioterapia.

Então por que me senti tão ridiculamente feliz por todo o caminho? Tinha esquecido toda a minha raiva de Tory — e o nojo de mim mesma por quebrar a promessa, como sabia que ia fazer. Mal notei as hordas da hora do *rush* em que nos enfiamos enquanto entrávamos no trem, e não prestei a mínima atenção aos homens que pediam dinheiro no vagão nem às placas dizendo para os passageiros ter cuidado com as carteiras, nem aos policiais nas plataformas com seus cães farejadores de bombas... coisas que poderiam ter me aterrorizado — se não estivesse com Zach.

Ah, vamos encarar os fatos. Claro, ele gostava de outra garota. Mas eu estava entregue de qualquer modo. Ele havia me ganhado com aquele *Gosto de focas*.

Mas quando finalmente chegamos na rua Nove Leste entre a Segunda Avenida e a Primeira, percebi que Zach *ia* realmente me achar idiota — ou pelo menos seriamente perturbada — quando visse o tipo de loja para onde eu ia.

Diminuí o passo enquanto chegávamos perto. Pude ver a placa, cortada na forma de uma lua crescente, pendurada em cima de um toldo preto. ENCANTOS, estava escrito. O que eu diria quando ele perguntasse — como faria sem dúvida — por que eu iria a uma loja especializada em... bem... material de bruxaria?

Zach estava me falando de um documentário que tinha visto na véspera, sobre uma equipe de cirurgiões plásticos que vão a países do Terceiro Mundo fazer cirurgia corretiva gratuita em crianças com palatos fendidos e coisas assim. Zach adora documentários. Quer estudar cinema quando entrar na Universidade de Nova York e fazer documentários sobre a vida animal do ártico, tipo focas, e sobre como estamos destruindo o *habitat* deles. Até havia me levado para ver suas focas — as do zoológico do Central Park. Ele sabe o nome de todas e é capaz de identificar cada uma delas.

Escutei seu resumo do documentário com apenas meio ouvido. Estava tentando dizer a mim mesma que Zach não iria se importar com a loja aonde eu ia. Verdade, eu estava exagerando a coisa demais. Éramos amigos. Amigos não se importam com o tipo de livro que os amigos leem, não é?

Mas, assim como eu suspeitava que fosse acontecer, Zach ficou mudo quando parei na frente da loja. Não ajudou nem um pouco o fato de haver cristais e cartas de tarô na vitrine, arrumados num monte de veludo preto. Nem ajudou o fato de que, enquanto estávamos ali parados, a porta se abriu e duas mulheres totalmente vestidas de preto, com o cabelo tingido como o de Tory, saíram carregando sacos de papel e batendo papo animadas.

— Era *aqui* que você queria vir? — perguntou Zach, com as sobrancelhas escuras levantadas. De modo desaprovador, como eu havia suspeitado.

— Eu... — Eu havia passado a maior parte da caminhada pela rua Nove inventando uma história que esperava ser convincente. — Tenho de comprar uma coisa para minha irmã menor...

— Courtney? — perguntou ele. — Ou Sarabeth?

— Courtney — respondi, tentando ignorar o jorro de prazer por ele se lembrar do nome da minha irmã. O nome das minhas duas irmãs! Eu só havia lhe contado um milhão de histórias sobre elas. Não podia acreditar que ele tivesse escutado. — O aniversário dela está chegando, e achei que ela gostaria disso, além do mais acho que não dá para achar um livro desses em Iowa.

Espera. Isso pareceu tão débil para ele quanto para mim?

Mas tudo que Zach disse, em voz divertida, foi:

— Já ouviu falar da livraria Barnes and Noble? Fica só a dois quarteirões de onde a gente mora. A gente não precisaria vir até aqui, você sabe.

— Abençoados sejam — disse a mulher bonita, de cabelos escuros, que estava atrás do balcão, quando entramos.

— Ah — respondi, ficando vermelha. Por causa do que Zach devia estar pensando, que ela era tipo Nova Era, comedora de granola. — Obrigada.

Passei rapidamente pelo balcão, indo às cegas para o fundo, onde tinha visto algumas prateleiras de livros. Mesmo assim não pude deixar de ver que a loja era atulhada de ervas e velas, amuletos e calendários lunares. Havia uma gata preta numa prateleira, com o rabo estremecendo lentamente enquanto me olhava chegando. No pescoço tinha um colar de turquesas com um pentagrama pendurado onde, num gato normal, que não pertencesse a bruxa, haveria um guizo.

Estendi a mão para o livro que eu estava procurando — não um dos grandes, com capa brilhante, cheios de fotos e capítulos chamados "Feitiços de amor", do tipo que Tory e suas amigas poderiam ter escolhido, e sim uma pequena brochura sem ilustrações, que *não* poderia ser encontrada em qualquer cadeia de livrarias — e dei uma olhada nas últimas páginas, procurando o índice remissivo. Enquanto isso, Zach estava andando por ali, pegando coisas e examinando com curiosidade. Quando chegou à gata, parou e coçou embaixo do queixo dela. A gata começou a ronronar, tão alto que pude ouvir do outro lado da loja.

Então ele gostava de gatos, também. *Au pairs*, *Seventh Heaven*, focas, crianças... e gatos. Será que esse cara poderia ser ainda mais fofo?

Um sino tocou e duas garotas entraram na loja. Duas garotas usando uniforme da escola Chapman. Duas garotas que, infelizmente, reconheci.

O nó no meu estômago, que me visitava cada vez menos ultimamente, subitamente marcou presença.

A vendedora bonita atrás do balcão falou:

— Abençoadas sejam — disse para as duas novas freguesas.

— Abençoada seja — Gretchen e Lindsey responderam de volta para ela. Lindsey dava risinhos o tempo todo.

— Quantos anos Courtney vai fazer, afinal? — perguntou Zach, aparecendo de trás de um mostruário de ervas.

— Doze?

Dei um pulo e disse automaticamente:

— Catorze.

Tinha parado de examinar o índice remissivo do livro. Havia encontrado o que procurava.

Mas como iria comprá-lo sem que Gretchen e Lindsey notassem e informassem a Tory que tinham me visto na Encantos? Tory nunca acreditaria que eu tivesse entrado por acaso naquela loja.

Ou... acreditaria?

— Ah, meu Deus — gritou Lindsey quando saí deliberadamente de trás do mostruário de ervas, bem no seu caminho. — Jinx? É você?

— Ah — respondi fingindo que estava notando as duas pela primeira vez. — Oi, pessoal.

— Olha, Gretch — disse Lindsey. — É a Jinx!

Gretchen, sempre a mais séria das duas, não pareceu exatamente empolgada ao me ver. Na verdade, seus olhos muito maquiados se estreitaram.

— O que *você* está fazendo aqui? — o olhar de Gretchen saltou para alguma coisa (ou alguém) atrás de mim, e as pálpebras dela se estreitaram ainda mais. — Com *ele*?

— Ah, oi — cumprimentou Zach, enquanto dava as costas para o mostruário de calendários que estivera olhando.

— Oi — respondeu Lindsey. Ao contrário de Gretchen, ela não pareceu achar suspeito o fato de estar trombando em Zach e eu numa loja de material de bruxaria a aproximadamente sessenta quarteirões de onde nós morávamos.

— Tor está aqui também? Achei que ela disse que tinha de ir ao dentista, ou algo assim, esta tarde...

— É — falei, empurrando com nervosismo o cabelo para trás das orelhas. — É, não. Tory não veio. Somos só nós. Viemos porque preciso comprar um presente. Um presente de aniversário. Para minha irmã mais nova.

— Maneiro — disse Lindsey. Seu olhar pousou no livro que estava nas minhas mãos e ela franziu o nariz. — Mas por que vai dar essa coisa *velha* a ela? Este livro aqui é muito melhor. — Ela pegou o grande e brilhante. — Olha. Tem um monte de ilustrações.

— Ela pediu este — menti. — Não sei. Ela é meio esquisita.

— Está dizendo que bruxas são esquisitas? — perguntou Gretchen com sua voz grave.

— Não! — exclamei. — Nossa, não. Só a minha irmã.

— *Eu* acho que elas são esquisitas — comentou Zach, alegre.

Lindsey deu-lhe um soco de brincadeira no peito.

— É melhor ter cuidado. Ou eu jogo um feitiço em você.

— Você não sabe, Lindsey, mas talvez alguém já tenha jogado — disse Gretchen. Mas não parecia estar se referindo a Tory, pois estava olhando diretamente para mim.

— Não faço a mínima ideia — falei na voz mais agradável que consegui. — Bom, encontrei o que eu precisava. Podemos ir, Zach?

— Agora mesmo — ele respondeu.

— Bem, a gente se vê — falei a Lindsey e Gretchen. E fui para o caixa.

— Ah, ei — gritou Lindsey. — Nós vamos tomar um pouco de chá espumante, lá em Chinatown, quando sairmos. Querem ir?

— Não posso — pus o livro no balcão. A vendedora bonita pegou-o com um sorriso. — Prometi aos pais de Tory que chegaria a tempo para o jantar.

— Tory — ecoou Lindsey com uma gargalhada. — Não deixe ela ouvir você chamando-a assim. Ela mata você.

— Ela pode matá-la de qualquer modo — murmurou Gretchen, mas alto o suficiente para que eu ouvisse.

Minhas bochechas ficaram vermelhas. E o nó no estômago inchou até ficar do tamanho de um balão.

— O que foi? — Lindsey pareceu confusa. — O que você disse, Gretch?

— Eu? — Gretchen fungou. — Não falei nada.

Zach que havia me acompanhado, inclinou-se fingindo que estava admirando uns colares na vitrine embaixo do balcão.

— O que ela está falando? — sussurrou ele.

— Nada — respondi depressa. — É só... coisa de mulher.

— Legal — disse Zach e levantou-se. — Que tal eu encontrar você lá fora?

— Pode ser melhor.

Zach assentiu e saiu da loja, com os sinos sobre a porta tilintando em seguida.

— São dez dólares — informou a mulher atrás do balcão.

Entreguei-lhe minha nota de cinquenta novinha em folha.

— Aposto que Torrance vai ficar realmente interessada em saber que você veio aqui com o cara dela — disse Gretchen, com a voz dura.

— O quê? — Lindsey ainda estava confusa. — Gretchen? O que você está falando?

— Meu Deus, Lindsey. — Gretchen lançou um olhar irritado na direção da amiga. — Você não vê o que ela está tentando fazer? Está tentando roubar o Zach debaixo do nariz de Torrance!

— Zach não é o namorado de Tory — falei bruscamente, tanto para minha surpresa quanto para a de qualquer pessoa. A vendedora parou de contar meu troco, me olhando perplexa.

— O que quero dizer — falei num tom mais suave —, é que Zach não gosta de Tory nem de mim. Ele gosta de Petra, certo? Zach e eu somos apenas amigos.

— Até parece — era óbvio que Gretchen não tinha acreditado em mim. Lindsey, parada atrás dela, apenas continuou parecendo confusa.

— Somos só amigos — repeti, pegando o troco com a vendedora. Esperava que Gretchen não visse que minhas mãos tremiam. — Pode perguntar a ele, se quiser.

— Acho que vou perguntar a Torrance — disse Gretchen. — Acho que é o que vou fazer.

— Ótimo — rebati. — Faça isso.

Peguei a sacola que a vendedora estava me estendendo, agradeci, dei as costas ao balcão e fui para a porta.

E derrubei um mostruário de velas.

— Meu Deus — ouvi Lindsey soltar um risinho, enquanto eu me curvava para pegar o máximo de velas possível antes que rolassem pelo chão. — Você costuma andar muito?

— Deixe que eu faça isso, querida — a vendedora saiu de trás do balcão.

— Sinto muito — estendi uma braçada de velas para ela. — Sou desajeitada demais.

— Bobagem — respondeu a vendedora com gentileza. — Poderia ter acontecido com qualquer um. Ande, ponha isso aqui. — Ela me ajudou a colocar as velas no balcão. — Pronto. Não foi nada. Ah, e leve isso. Você quase esqueceu.

Ela pegou no bolso da saia uma coisa enrolada num quadrado de papel de seda e estendeu para mim.

— O que...? — Estendi a mão automaticamente e peguei o quadrado de papel. A coisa dentro fez um leve barulho chacoalhado.

— Só uma coisa que acho que você vai precisar em breve — o olhar dela foi na direção de Gretchen e Lindsey. — Para dar sorte. Bênçãos para você, irmã.

Agora meu embaraço era completo. Enfiei o objeto embrulhado em papel de seda na sacola junto com o livro, murmurei "Obrigada" e disparei para fora da loja...

... e continuei pela rua como se estivesse sendo perseguida.

— Ei — gritou Zach, correndo atrás de mim. — Devagar, certo? O Desafio Físico Presidencial acabou, lembra?

— Desculpe — falei, tendo o cuidado de não olhar para ele. — Ah, meu Deus. Estou tão sem graça!

— Por quê? — Ele acertou o passo comigo.

Como ele podia não saber? Ele não tinha...

Ah, certo. Ele não estava lá. Graças a Deus. *Graças a Deus.*

— Nada — respondi, sentindo-me quase rindo de alívio. — Depois que você saiu eu... eu trombei num mostruário de velas e derrubei tudo.

— Só isso? Achei que você estava falando da coisa com as amigas de Tory, de elas pensarem que a gente anda saindo junto.

Congelei. E olhei para ele. Devagar.

Seus olhos verdes estavam rindo para mim.

— O que foi? Acha que não sei da paixonite de Tory por mim?

O balão no meu estômago inchou até o tamanho de uma melancia.

— Você não pode falar nada disso com ela — soltei num jorro. — Não pode dizer que sabe. E é mais do que uma paixonite, Zach. Ela ama você, é sério.

— Me ama, é? Parece que ela quer ser mais do que amiga... com benefícios.

Ele estava rindo. Não dava para acreditar que ele estava rindo.

— Zach. Você não entende. Ela não está brincando. Ela...

Quase contei. Sobre o boneco. Não sei exatamente o que me impediu. Só que senti que Tory merecia ficar com um pouco de dignidade, apesar do comportamento idiota.

— Ela poderia tornar a vida realmente desconfortável para mim — falei em vez disso. — Se ela achasse... bem, que você e eu...

Zach parou de rir. A próxima coisa que percebi foram as mãos dele nos meus ombros.

— Ei — ele me deu uma pequena sacudida. — Anime-se, prima Jean. Eu só estava brincando. A última coisa que eu iria querer no mundo seria tornar a vida mais difícil para você. Sei que é duro ser filha de uma pastora. Deve ser mais difícil ainda começar numa escola nova e morar com uma nova família além do... bem...

Ele não disse a palavra *perseguidor* em voz alta. Não precisava. Nós dois sabíamos do que ele estava falando, ainda que nenhum de nós tivesse jamais mencionado isso desde aquela primeira vez em que Tory abriu o bico de modo tão casual, no dia da minha chegada.

— Além disso — Zach tirou as mãos de mim. — O que importa? Considerando por quem eu devo estar apaixonado, lembra?

Estranhamente, essa lembrança, em vez de cravar uma estaca de ciúme no meu coração, me animou... um pouquinho.

— Isso mesmo. Quero dizer, é totalmente ridículo essas garotas acharem que a gente está namorando, quando seu coração pertence a outra.

— E não a qualquer outra. Mas o melhor pedaço de mulher do planeta.

— É. Se elas disserem a Tory que nos viram, vou lembrar a ela que Petra é seu único amor verdadeiro.

— E eu não terei opção além de apoiar você. Servidão eterna, lembra?

Sentindo-me mil vezes melhor, virei-me para seguir pela rua, girando a bolsa da Encantos...

... e ouvi a coisa que a vendedora tinha me dado chacoalhar de novo. Parei, enfiei a mão na bolsa e comecei a desembrulhar.

— O que é isso? — perguntou Zach.

— Não sei. Algum tipo de amostra grátis ou algo que a moça que trabalha lá me deu...

Mas então vi o que o embrulho continha e parei, tão abruptamente que quase fiz com que Zach me derrubasse.

— O que é? — Zach olhou para o que eu segurava. — Ah, legal. Ela deu um símbolo satânico a você. Excelente serviço aos clientes.

— Não é um símbolo satânico — falei com a voz tensa. Nos raios oblíquos do sol poente, o colar de prata piscava no ninho de papel de seda. — O pentagrama é um símbolo mágico antigo, destinado a oferecer proteção espiritual para quem usa. Não tem nada a ver com Satã.

Zach falou em voz gentil:

— Ei, Jean. Eu estava brincando de novo, certo?

Horrorizada ao sentir meus olhos se enchendo de lágrimas ali na calçada, diante de uma pequena loja de piercings, enfiei o colar de novo na sacola e a apertei contra o peito.

Para dar sorte, ela dissera. *Só uma coisa que acho que você vai precisar em breve.*

Como ela sabia?

Mas uma pergunta melhor era: *o que* ela sabia e eu não?

CAPÍTULO 9

— O que você está fazendo no meu quarto?

A voz de Tory estava temperada de veneno. Ela havia acendido a luz do teto e agora estava junto à porta, com a jaqueta de couro tirada pela metade, olhando para mim.

Acordando lentamente, levantei a cabeça de onde havia afundado num dos travesseiros de Tory, e pisquei no súbito jorro de luz. Percebi que devia ter caído no sono esperando a chegada dela. O livro que eu havia comprado naquela tarde estava sobre meu peito, aberto — eu sabia — no capítulo sobre banir feitiços.

— Tory — falei grogue, sentando-me. — Onde você esteve? Que horas são?

— O que importa que horas são? — reagiu Tory, ríspida. — O que você está fazendo no meu quarto? Esta é a verdadeira pergunta.

Tirei um pouco de cabelo de cima dos olhos e tentei enxergar o despertador digital na mesinha de cabeceira de Tory.

— Nossa, é quase meia-noite — falei. — Seus pais vão ficar loucos...

— Eles ainda nem estão em casa. — Tory tirou a jaqueta de couro, deixando-a cair no chão, onde a maior parte do resto de suas roupas ficaria até que Marta fizesse a limpeza. — O que você está fazendo aqui, afinal? E por que não está com *Zach*?

— Tory. — Passei as pernas pela beira da cama. Tinha ficado tão cansada de esperá-la que havia vestido o pijama. Agora meus pés descalços afundaram no grosso carpete lavanda de seu quanto enquanto eu me levantava. — Não está acontecendo nada entre Zach e eu. Nós somos apenas amigos. Você sabe, tanto quanto eu, que ele é apaixonado por Petra. Precisamos conversar sobre outra coisa. É importante.

Tory havia entrado no *closet* no minuto em que mencionei Petra, tendo perdido o interesse pela conversa. Ela devia ter sabido, o tempo todo em que Gretchen ou quem quer que seja estivesse lhe contando que viu Zach comigo, que aquela coisa sobre nós dois não podia ser verdade.

Porque agora, tendo saído do *closet* usando só um sutiã preto, a minissaia e um monte de colares, seus olhos habilmente maquiados com toneladas de delineador e rímel se arregalaram. Porque finalmente havia notado o livro.

— Então é por isso que você foi à Encantos — disse ela. — Eu sabia que não era para comprar um presente de aniversário para Courtney. O aniversário da sua irmã é só em fevereiro. Você mudou de ideia — perguntou ela, ansiosa. — Pensou no que eu disse, em se juntar ao *coven*?

Balancei a cabeça. Isso, eu sabia, iria necessitar de coragem. Mas eu não tinha opção. Realmente.

Não importando o quanto meu estômago doesse.

— Não — respondi. — Quero falar com você sobre isto.

De dentro da capa do livro que eu ainda estava segurando, tirei a foto de Petra, a que estivera na caixa de areia da gata, e estendi para que Tory visse. Estava num saco plástico lacrado, mas mesmo assim dava para ver o que era.

Tory franziu a testa, depois fez uma careta.

— Eca! Você pôs a MÃO nisso? Não é muito higiênico, você sabe. Espero que tenha lavado depois.

Então, quando não falei mais nada, ela deu de ombros.

— Então. Você encontrou. Imaginei que fosse encontrar. Bem, quer saber por que isso estava lá?

— Eu sei porque estava. O que quero saber é por que você fez isso.

Tory só deu de ombros outra vez, depois sentou-se na banqueta giratória diante da penteadeira, onde começou a escovar o cabelo preto e denso.

— Por que tenho de dar explicações a você? — perguntou para o meu reflexo.

— Porque isso é sério. — Atravessei o quarto e parei ao lado da penteadeira, e olhei para ela. — Talvez você não soubesse, mas o que fez, grudando a foto de Petra no fundo da caixa de areia de Mouche, é magia negra, Tory. É ruim.

Tory olhou para o meu reflexo, incrédula por um segundo. Depois soltou uma gargalhada.

— Escuta só! — gritou ela. — Magia negra! Você me diverte!

— Sério, Tory. — E levantei o livro que eu havia comprado. — Diz aqui. Feitiços usados para prejudicar outras pessoas são realmente perigosos. Inevitavelmente retornam para a pessoa que o fez, como um bumerangue. Só que multiplicados por três.

— Bom, olha só. — Tory riu para mim, com um sorriso nitidamente felino. — E eu achei que você não acreditava.

— Sério, Tory. Estou preocupada com você. Por que você faria uma coisa assim, e logo com Petra? Petra é uma das pessoas mais doces e gentis que eu já conheci. Nunca fez nada contra você. Então o que você tem contra ela? É só porque Zach gosta dela? É isso? Porque o que você está fazendo... é errado. É maldoso e errado. Não sei por que você fez isso, mas vou dizer agora: acabou.

— Ah — Tory parou de sorrir. — Acabou. Até parece.

— Estou falando sério, Tory. Você e esse seu *coven* podem brincar de bruxa o quanto quiserem. Por mim, podem aprontar pequenos feitiços, se exibir uma para a outra e se divertir de montão. Mas não feitiços que manipulam ou ferem outras pessoas. Especialmente pessoas como Petra.

— Ah, é? — Tory balançou a cabeça. — E exatamente como você vai me impedir?

— Bem. — Olhei para o chão. Havia esperado que isso acontecesse de modo muito diferente, não sei por quê. Tipo, conhecendo Tory, não deveria esperar que ela reagisse de qualquer modo, a não ser ficando furiosa.

Mas, na minha cabeça, quando havia ensaiado essa conversa, Tory havia pedido desculpas e dito que não sabia que o que estava fazendo com Petra era tão prejudicial. Tinha me agradecido por lhe contar, e nós havíamos nos abraçado e descido para tomar um chocolate juntas.

Pelo jeito, não seria assim.

Fiquei feliz por ter feito preparativos de reserva, só para garantir.

Suspirei.

— A verdade, Tor — falei erguendo o olhar para encontrar o dela — é que eu amarrei você.

— Você amarrou... — Tory me olhou boquiaberta. — Você fez o *quê*?

— Amarrei você para impedi-la de fazer o mal. — Permaneci firme. — Você ainda pode fazer feitiços positivos. Mas não feitiços que manipulem a vontade dos outros. Eles não vão funcionar. Nunca mais.

Tory pareceu tão chocada quanto se eu tivesse lhe dado um tapa.

— Sua hipócrita... está dizendo que esse tempo todo... esse tempo todo... você realmente *era* uma de nós?

— *Não* sou uma de vocês — respondi com firmeza. — Admito que posso já ter me interessado por magia. Mas... não deu certo. Está bem, Tory? Deu muito, muito errado, e alguém se machucou, e eu jurei que nunca mais iria fazer. Magia é uma coisa séria, Tory, e não algo com o qual alguém que não sabe o que está fazendo deva se meter.

Tory fez uma careta.

— Obrigada pela dica, *mamãe*. Mas talvez lhe interesse saber que eu *sei* o que estou fazendo.

— Não sabe, não. Não se *isso* for um exemplo. — Estendi a foto gasta de Petra. — Uma coisa assim poderia realmente machucar alguém. Foi por isso que, mesmo não querendo, tive de quebrar a promessa que fiz a mim mesma, de nunca mais fazer magia, e amarrar você.

— Ah. — Tory bateu com as duas mãos no rosto, fingindo horror. — Ah, não, prima Jinx! Estou com tanto medo! Tenho certeza de que sua magia *caipira* idiota é muitíssimo mais poderosa do que a minha. — Ela baixou as mãos e me olhou com desprezo total. — Vamos deixar uma coisa clara, *Sabrina*. Aqui é Nova York, e não Iowa. Suspeito de que minha magia é um pouquinho mais sofisticada do que a sua. De modo que, não importando que feitiçozinho de amarração você tenha feito contra mim, é melhor não contar que ele funcione. Porque aqui, na cidade grande, Jinx, a gente não brinca em serviço.

— Em Iowa também não — observei em voz baixa.

— Na verdade, meus feitiços sempre funcionaram muito bem. — Na verdade, eu só havia feito um feitiço. Mas mesmo assim. TINHA funcionado. Infelizmente, um pouco bem *demais*.

— Ah, é claro! — Tory inclinou a cabeça para trás e gargalhou. — Sem dúvida você é uma bruxa muito poderosa! Deixe-me ver... você e seus pais miseráveis moram numa casa pequena demais para vocês, com, tipo, um banheiro. Você não tem permissão de ouvir rap nem assistir à HBO. Você é uma nerd que só tira dez, tem pernas tortas e vive metida numa orquestra. E teve de se mudar para Nova York para viver da caridade dos parentes ricos, porque um garoto na sua cidade ficou apaixonado e seus pais piraram.

Agora ela havia se levantado e estava me encarando com as mãos nos quadris e uma expressão de escárnio no rosto, o nariz apenas a centímetros do meu.

— Realmente — continuou sarcástica. — Você é uma bruxa poderosíssima, está certo. Estou morrendo de medo. Porque obviamente fez um monte de feitiços que funcionaram. OU NÃO.

Pensei em bater nela. Pensei mesmo. Não tanto por causa do papo de nerd — vamos encarar os fatos: eu *sou* uma nerd de orquestra, mas não tenho pernas tortas. Mas por causa de chamar meus pais de miseráveis. Quero dizer, meus pais ganham dinheiro suficiente para se virar. Certo, talvez a gente não ganhe um Rolex de Natal como a garotada daqui.

Mas meus pais nunca pegaram roupas na caixa de doação da igreja para nós. É verdade que Courtney está enjoada de herdar minhas roupas usadas. Mas nem todo mundo pode comprar um guarda-roupa novo em folha para os filhos todo ano.

Mas não. Quero dizer, não bati nela. Nunca bati em ninguém na vida e não iria começar com Tory, por mais que ela pudesse me tentar.

Mas quis machucá-la. Seriamente.

O que era horrível, porque dava para ver que ela *já* estava machucada. Por dentro, devido a ferimentos infligidos totalmente por ela mesma. Não fazia ideia de por que Tory era tão insegura, mas tinha de ser por isso que ela havia me atacado daquele jeito... por que ela faria — ou tentaria fazer, pelo menos — o que havia feito com Petra.

Esse negócio de bruxaria — essa história que ela tinha ouvido sobre nossa ancestral Branwen — havia lhe subido à cabeça. Ela estava se agarrando àquilo como se fosse um bote salva-vidas, porque sentia que não tinha em que se segurar. Não gostava de si mesma o bastante para... bem, só para *ser* ela própria.

O negócio é que... eu conhecia esse sentimento.

Também sabia, bem demais, aonde ele poderia levar.

Mas o que não entendia era como ela havia tomado esse caminho.

— O que *aconteceu* com você, Tory? Há cinco anos você não era assim. O que aconteceu para deixar você tão... má?

Tory estreitou os olhos.

— Há cinco anos? Você está falando de quando eu era a garota menos popular da escola porque era um capacho gordo e chato que deixava as outras meninas me pisarem e a única coisa que os garotos queriam de mim era ajuda com o dever de casa? Vou dizer o que aconteceu, Jinx. Vovó me contou sobre Branwen. E eu percebi que o sangue de uma bruxa corre nas minhas veias. Percebi que tinha poder... poder de verdade, de fazer as pessoas fazerem o que eu quisesse... ou esmagá-las se não fizessem. Eu só precisava assumir o controle. Da minha vida. Do meu destino.

— Ah — interrompi com sarcasmo. — É isso que você faz na sala da caldeira com Shawn durante o período livre todos os dias? Assume o controle do seu destino?

Tory me olhou com frieza.

— Meu Deus. Você é tão criança! Eu deveria saber que você não entenderia.

Não adiantava. Percebi isso naquele momento. Peguei meu livro e a foto de Petra e me virei para ir embora.

Mas na porta hesitei e fiz uma última tentativa.

— Quanto ao Zach...

Tory me olhou, furiosa.

— O que é que tem?

Eu sabia que deveria ter deixado para lá. Não valia a pena. E não faria nenhuma diferença.

Mesmo assim, aquela coisa que ela havia dito sobre meus pais... havia me irritado. Um pouquinho.

— Só não enfie mais alfinetes na cabeça daquele boneco.

Tory projetou o quadril para a frente.

— E se eu enfiar?

— Vai apenas perder seu tempo.

— Ah, é? — A voz de Tory não era mais de desprezo. Agora estava cheia de ódio. Puro e simples. — Bem, isso veremos, não é? Veremos o tamanho da perda de tempo que você acha que é, quando Zach acabar ficando comigo, e não com Petra, e certamente não com *você*. Porque, sabe de uma coisa? Não importa o quanto vocês dois fiquem juntos, falando sobre a porcaria do *Seventh Heaven* ou sei lá o quê, ele vai ser meu. Eu quero. Sou *eu* que tenho o dom, Jinx. Você pode ter herdado o cabelo ruivo, mas eu tenho a magia. Agora sei disso. Branwen queria dizer que a neta de vovó, e não as netas, teria o dom. E a neta sou eu. Porque não tenho medo de usar o dom dela, como você. O que acha disso?

Pensei rapidamente na mulher atrás do balcão da loja de bruxaria, em seu cumprimento gentil — *Abençoados sejam!* — e na gentileza com que ela insistiu em que eu aceitasse o colar do pentagrama, que eu estava usando agora. Tão diferente, tão nitidamente diferente, do tipo de bruxa que Tory imaginava ser. Ou queria ser.

— Se fosse você, não sei se eu andaria por aí alardeando o que acha que herdou de nossa tata-tata-tata-tataravó, Tory.

— Por quê?

— Vovó não mencionou como ela morreu?

Tory balançou a cabeça, parecendo curiosa, mesmo contra a vontade.

— Foi queimada na fogueira. Por praticar bruxaria.

Então saí do quarto e fechei a porta.

CAPÍTULO
10

— Não acredito. — A mão de Petra estava tremendo enquanto ela punha uma pilha de panquecas no meu prato. — Ainda não consigo acreditar. Em uma semana ele vai estar aqui. Só uma semana! É bom demais para ser verdade.

Evitando cuidadosamente o olhar carrancudo de Tory, peguei o jarro de calda e disse:

— Bom, acho fantástico, Petra. Mal posso esperar para conhecê-lo.

— Willem é maneiro — Teddy enfiou uma garfada de panqueca na boca. — Quanto tempo ele vai ficar, Petra?

— Dez dias. — Os olhos azuis de Petra não tinham parado de dançar desde que ela havia desligado o telefone. — Dez dias, com todas as despesas de viagem pagas! Sabe quanto custa uma passagem do meu país para Nova York?

— Acho que vou começar a escutar rádio — observou Alice. — Talvez eu ganhe uma bicicleta nova. Preciso mesmo de uma bicicleta nova.

Apesar da euforia, Petra ainda era Petra, e disse com uma aspereza gentil:

— Alice, você tem uma bicicleta linda, que ganhou no Natal.

— É — concordou Alice. — Mas é bicicleta de neném, com freio no pedal. Quero uma bicicleta de gente grande, que nem a do Teddy, com freio no guidom. Talvez eu ganhe no rádio, como Willem ganhou uma viagem a Nova York.

Tory olhou carrancuda para a irmã menor, por cima da xícara de café.

— É só pedir ao papai, pelo amor de Deus. Ele compra a merda da bicicleta para você.

Petra lançou um olhar para Tory, porque Teddy e Alice começaram a rir diante da palavra com M, mas não disse nada. Mudei rapidamente de assunto.

— Se você quiser um dia de folga para passar com Willem e precisar de alguém para vigiar esses dois — fingi lançar um olhar sério para meus priminhos sorridentes — é só avisar.

Petra me deu um sorriso glorioso.

— Obrigada, Jean. Vou querer.

Tory fez careta e murmurou para mim:

— *Puxa-saco*.

Ignorei-a.

E mais tarde, quando estávamos saindo de casa para a escola, Tory falou ríspida:

— Não pense, Jinx, que o fato de o namorado de Petra ter ganhado essa viagem idiota tenha alguma coisa a ver com você ter tirado aquela foto da caixa de Mouche. Ou com seu feitiço de amarração idiota.

Me cuidei para manter o rosto inexpressivo:

— Eu nem sonharia com uma coisa dessas.

— Porque ontem à noite eu também fiz um feitiçozinho de amarração. Veremos como sua magiazinha de abóbora caipira funciona contra a coisa de verdade.

— Acho que veremos, sim — imaginei como a coisa havia chegado àquele ponto: minha prima e eu lutando para ver quem era a bruxa mais poderosa. Tipo, estupidez é pouco!

Não pude deixar de me sentir um pouquinho culpada. De certa forma, Tory tinha direito de estar com raiva: para ela, eu provavelmente havia parecido a maior hipócrita do mundo, fingindo não saber do que ela estava falando na noite em que cheguei. Quando, na verdade, eu *sabia* de tudo. Sabia perfeitamente bem. Vovó havia me contado a mesma história — sobre como, na minha geração, nasceria a próxima grande bruxa da família. Tinha sido apenas uma história para dormir, para divertir.

Mas havia causado uma tremenda impressão em mim — a mesma impressão causada obviamente em Tory. Porque, como Tory, eu estava convencida de que sabia quem era a bruxa da minha geração.

Eu. Claro que era eu. Meu nome era Jinx, não era? Isso, junto com o cabelo ruivo e a história do meu nascimento... eu tinha de ser a bruxa. *Eu* era a esquisita. *Eu* era a azarada.

Mas, para todo mundo na minha família, aquilo era só uma história que vovó contava para nos interessar pela nossa árvore genealógica. Ela própria obviamente não acreditava. Sempre ria ao contar, como se fosse a coisa mais hilária de todos os tempos.

Mas não riu quando, na última vez em que veio nos visitar, eu disse que havia descoberto o que havia acontecido com Branwen, sua tataravó. Vovó havia, convenientemente, deixado de lado a parte sobre Branwen ter sido a última mulher morta na fogueira por praticar feitiços no país de Gales, de onde ela viera. Fato facilmente confirmado pela Internet.

Eu havia procurado o nome de curtição, num dia em que estava entediada no laboratório de informática. Fiquei olhando para a tela, sentindo o sangue gelar. Porque de repente não era somente uma história. Era *mesmo* verdade. Eu *era* descendente de uma bruxa.

Vovó teve uma reação filosófica.

— Ah, bem — disse ela. — Tenho certeza de que Branwen era uma bruxa boa. Era uma curandeira, sabe? Provavelmente fazia um trabalho melhor curando as pessoas do que o alquimista da cidade, por isso ele teve ciúme e a acusou de bruxaria. Você sabe como eram as coisas na época. — Vovó tinha acabado de ler O *código Da Vinci*. — Era tudo politicagem.

Politicagem ou não, uma parente minha havia sido morta — morta! — por praticar bruxaria. Claramente não era uma coisa com a qual mexer.

Uma coisa que eu havia aprendido do modo mais difícil quando, apesar do que sabia sobre Branwen, fiz meu primeiro feitiço e vi a coisa dar tão tragicamente errado.

Por isso eu sabia que Tory precisava ser impedida — tivesse ou não "o dom" que vovó garantiu que uma (ou duas) de nós havia herdado de Branwen.

Assim, enquanto Petra colocava Teddy e Alice na cama na noite anterior, eu me esgueirei em seu apartamento do porão e pus furtivamente uma moeda, com a cara para cima, em cada canto do quarto de Petra. Depois borrifei um pouco de sal marinho na soleira de cada porta que dava para o apartamento dela.

Por fim, anotei o nome de Tory num pedaço de papel branco e guardei embaixo das bandejas de gelo na geladeira de Petra. Sem dúvida, Petra ficaria confusa com aquilo, se descobrisse, mas pelo menos estaria em segurança...

Mas deu para perceber que seria difícil convencer Tory de que o que ela estava fazendo era errado. Na verdade, a culpa era de vovó, por ter enchido a cabeça dela com essa conversa sobre nosso destino. Se eu nunca tivesse ouvido falar que era descendente de uma bruxa, talvez nunca tivesse pegado aquele primeiro livro sobre feitiços, o que encontrei na biblioteca da escola em Hancock — que usei para fazer o primeiro feitiço, que havia mudado e tanto a minha vida.

... e infelizmente a de outra pessoa, também.

Mas se eu nunca tivesse feito aquele primeiro feitiço, claro, nunca teria vindo para Nova York.

E nunca teria conhecido Zach.

Verdade, quando eu pensava nisso, tudo — a coisa na minha cidade, a dor e a solidão de estar longe da minha família e começando numa escola nova — parecia valer a pena, quando levava em conta que toda essa confusão havia me permitido conhecer Zach.

Zach que, na verdade, estava apaixonado por outra. Mas que também, sem o uso de qualquer magia, branca ou negra, ainda era meu amigo.

E isso era alguma coisa. Era *realmente* alguma coisa.

Mesmo assim, levando em conta tudo que havia acontecido entre nós, não fiquei particularmente surpresa quando Tory começou a me dar gelo. Eu estivera mesmo pensando no motivo pelo qual isso não havia acontecido antes. A única explicação racional era que Tory gostava de ter por perto alguém que pudesse cutucar sem misericórdia. E como tento não levar a sério as observações de Tory, não me incomodava em ser essa pessoa.

Mas quando me aproximei da mesa do almoço de Tory na manhã em que Petra anunciou que Willem havia ganhado o concurso, ela me olhou e disse:

— Nem... pense... nisso.

Bem, até uma garota do interior como eu sabe entender uma deixa.

Peguei a bandeja e fui me sentar na mesa onde frequentemente via meus colegas da orquestra. Ainda não havia ninguém ali, mas eu esperava que, quando eles chegassem, não optassem por se sentar em outro lugar ao me ver ali. Para não parecer exageradamente amigável, peguei meu livro de história norte-americana na mochila e o abri.

Mal havia lido uma página sobre Alexander Hamilton quando outra bandeja bateu na mesa, ao lado da minha. Olhei para cima e vi Chanelle ocupar a cadeira ao meu lado.

— Meu Deus! — Chanelle abriu uma lata de refrigerante diet. — Sua prima é *uma tremenda vaca*.

Levantei as sobrancelhas. Aparentemente não era necessário responder, porque Chanelle continuou falando:

— Tipo: eu aguento a balada. Na verdade, eu adoro uma balada. Mas não *toda noite*. — Chanelle arregalou significativamente os olhos castanhos. — A gente precisa de um sono de beleza. Não posso ficar na rua até depois da meia-noite sempre. Em primeiro lugar, meu dermatologista iria me matar, mas, em segundo, olheiras. — Ela apontou para as pálpebras. — Está vendo? Estão aí. Olheiras. *Olheiras*. E só tenho 16 anos.

— Mas não é só isso. — Chanelle mordeu um pedaço de cenoura. — São essas novas amigas dela. Essas supostas feiticeiras, Gretchen e Lindsey. Olha, sou totalmente aberta para coisas novas. Até fui a uma reunião delas. Você sabe, um encontro de bruxas. Foi uma palhaçada. Um monte de garotas vestidas de preto e correndo de um lado para o outro, invocando o espírito do Leste... Eu tipo perguntei: Ah, dá para alguém me contar o que aconteceu em *Grey's Anatomy* ontem à noite? — A voz de Chanelle baixou dramaticamente. — *Mas ninguém sabia*. Fala sério!

Tomei um gole do meu refrigerante e disse:

— Talvez seja só uma fase. Talvez ela se canse logo disso.

— Ela, não. — Chanelle começou a desembrulhar um bolinho Hostess. Parece que a teoria de Chanelle era que, se não comesse nada além de refrigerante diet e cenoura no almoço, poderia se recompensar com uma sobremesa. — Desde que ouviu falar naquela tata-tata-tataravó, ela mudou. É como se tivesse virado Paris Hilton, ou sei lá quem. Só que sem as compras divertidas e o chihuahua. De repente tudo tem a ver com festas, esmalte preto e jogar feitiço nas pessoas. Estou dizendo, ela acha mesmo que é uma bruxa. E tudo bem, respeito totalmente a religião dos outros, e coisa e tal, mas aí ela começou a ameaçar as pessoas com feitiços. Primeiro eram só professores, garotos e as garotas mais velhas e maldosas, sabe? Mas depois fui *eu*. Eu aguento muita coisa, mas saber que alguém fez um feitiço contra mim porque não quis ajudar a catar cogumelos à luz da lua crescente...

— Catar o *quê* à luz da lua crescente? — perguntei.

— Não sei. Uns cogumelos que só crescem em lápides. Ela pediu agora mesmo para eu ir com ela num cemitério na Wall Street no meio da noite, ajudá-la a raspar cogumelos de umas lápides velhas e meio desmoronadas... Bom, eu disse a ela para esquecer. Não vou a nenhum cemitério antigo, e além disso, Robert e eu temos planos para esta noite, sabe? Ele *é* meu namorado, afinal de contas, mesmo quando é meio débil. Mesmo assim, ele é bonito quando não está doidão. Só gostaria que ele parasse de andar com o idiota do Shawn. Não sei o que a Torrance vê nele. Não sei mesmo. Aquele cara é roubada. Mas é popular e por isso Tor se encontra com ele todo dia na sala da caldeira...

— Ela balançou a cabeça até que as trancinhas de seu cabelo chacoalharam.

— Mas sabe o que ela me disse? Que não precisa da minha ajuda, porque as amigas DE VERDADE vão ajudar. Gretchen e Lindsey, claro. Então eu disse: "Ótimo, se suas amigas DE VERDADE são tão fantásticas, pode almoçar com elas." E ela disse: "Ótimo, pelo menos minhas amigas DE VERDADE têm assunto para falar, além de compras." E eu disse...

Cogumelos em lápides? O que Tory poderia estar aprontando?

— Olha — disse Chanelle, casual, pegando com o dedo um pouco do recheio do bolinho. — Gosto de você, Jinx. Você é meio nerd, com aquele seu violino e todo o resto, mas você não maltrata as pessoas e parece que não está nessa de bruxaria, ou roupas e peso, nem em entrar para a faculdade certa, como todo mundo por aqui. Quer ser minha nova melhor amiga?

Eu estava tomando um gole de refrigerante quando Chanelle perguntou isso — e quase engasguei. Era a cara de Chanelle, pelo menos pelo que eu conhecia dela, perguntar uma coisa assim, na lata. *Quer ser minha nova melhor amiga?* Como é que eu poderia dizer não a um pedido desses, mesmo que quisesse?

E, pelo que descobri, não queria recusar. Eu gostava de Chanelle.

E achei que Stacy, com quem eu ainda falava todas as noites pelo MSN, entenderia.

— Claro — respondi. — Mas... é... só até você fazer as pazes com Tory. Porque sei que Tory adora você, Chanelle. Ela só está passando por uma fase. Na verdade, talvez o que a gente devesse fazer era deixar claro que estaremos aqui para lhe dar o maior apoio, assim que ela estiver pronta para... é... se acalmar.

— Ou não — disse Chanelle. — Estou cansada de Torrance ficar mandando em mim. Ei, quer ir lá em casa depois da aula? Estou tentando decidir um penteado para o baile da primavera. Robert vai me levar. A gente podia maquiar uma a outra. Eu ADORARIA pôr as mãos nesse seu cabelo. Já pensou em usar ele preso bem alto?

— Não. Mas, claro, adoraria. — Ninguém nunca havia me convidado para experimentar penteados.

— *Excelente*! — Chanelle baixou o tom. — Mas acho melhor avisar: não sou a única em quem Tory está jogando feitiços. Ela diz que está jogando um em você também.

Dei uma mordida na minha salada.

— Verdade? — E mantive a voz cuidadosamente desprovida de emoção.

— É. Ela está muito chateada com o negócio de você e Zach. — Chanelle pareceu um passarinho quando inclinou a cabeça para mim e perguntou: — Vocês dois estão ficando, ou algo assim?

Não pude deixar de sorrir. Qualquer menção ao nome de Zach parecia causar esse efeito em mim. Era patético.

— Não. Somos só amigos.

— Bem, vocês dois passam um bocado de tempo juntos. Minha amiga Camille disse que vocês matam a educação física juntos todo dia.

— Ele está apaixonado pela *au pair* — falei depressa.

— Sério.

— É, bem, não é isso que Tory acha. Acha que você está tentando roubar o Zach dela de propósito. Diz que vai colocar um feitiço tão forte em você que você vai desejar nunca ter vindo de Idaho.

— Iowa.

— Tanto faz. — Chanelle estremeceu, mesmo que estivéssemos num poço de luz do sol que entrava pelas janelas do refeitório. — Não sei, Jinx. Não acredito nesse negócio de bruxaria, mas pelo modo como ela disse... me deu medo. Se fosse você, eu teria cuidado. Tipo, para mim, tudo bem, não preciso morar na mesma casa que ela. Mas é melhor você tomar todo o cuidado possível.

— Obrigada pelo aviso, mas eu posso cuidar disso. Acho que todos os feitiços de Tory acabaram. Na verdade — acrescentei enquanto olhava Tory jogar fora o que restava de seu almoço e, lançando um olhar de desprezo na nossa direção, sair do refeitório. — Posso praticamente garantir.

CAPÍTULO
11

Pareceu que aquilo havia sido verdade, pelo menos naquele dia. Os tempos de Tory lançar feitiços haviam acabado.

Naquela noite, quando voltei da casa de Chanelle, Petra estava borbulhando com mais novidades.

— Tirei o único dez de toda a minha turma de glico-nutrição — desembuchou ela no minuto em que entrei na cozinha para pegar um refrigerante.

— Uau — elogiei. — Parabéns, Petra.

— São tantas coisas boas num dia só! — Petra suspirou, feliz. — Nem posso acreditar.

— Eu também não! — exclamei.

— Ah, Jean. O Zach ligou. Olha aqui o recado. Ele pediu para você ligar de volta.

Não me incomodei em ir ao meu quarto para ligar para Zach. Nem me ocorreu. Em vez disso, peguei o papel que Petra me entregou e digitei o número no telefone da cozinha, imaginando o que Zach teria a dizer, pois eu já havia passado uma hora com ele naquela tarde, dando pedaços de *pretzel* a alguns patos no Central Park, depois de escapar do jogo de *softball* que o professor Winthrop havia organizado para a nossa turma no campo de beisebol. Zach havia recebido a má notícia — sobre a próxima visita de Willem a Manhattan — de modo muito maduro, na minha opinião.

— Ah, meu Deus, é você. — A voz profunda de Zach fez meu corpo todo formigar. — Adivinha.

— O quê?

— Bem, você sabe que meu pai vive conseguindo ingressos de graça para as coisas, por causa do trabalho dele não é?

— Sei.

— Bem, alguém deu dois ingressos a ele para ver um violinista no sábado à noite no Carnegie Hall. Ele não quer ir, mas sei como você gosta de violino, por isso pensei que talvez você tivesse ouvido falar do cara, Nigel Kennedy...

Não pude conter um som ofegante. Parecendo que estava rindo, Zach continuou:

— É, foi o que pensei. Parece que ele é bom. Por isso imaginei se você estaria interessada. Pensei em ir junto, como amigo, claro. Quero dizer, a não ser que você prefira levar alguém da orquestra, ou algo assim.

Nigel Kennedy! Não dava para acreditar!

— Nossa, Zach — berrei ao telefone. — É fantástico! Mas tem certeza que você não vai achar uma chatice?

— Acho que consigo suportar. Você pode me cutucar se eu cair no sono.

Respirei fundo, feliz, e então prendi o fôlego, enquanto Tory entrava na cozinha vindo do quintal e me olhava, da porta, com uma expressão sombria.

Será que ela tinha ouvido?

— Pensei que a gente poderia jantar antes, ou algo assim — continuou Zach. — Como amigos, claro. Talvez você pudesse me dar mais umas dicas sobre como ganhar a Petra.

— Rá! — falei ao telefone. Tory tinha ouvido, claro. O olhar dela ia ficando mais ameaçador a cada segundo.

— Claro. Parece ótimo.

— Legal. Vejo você na escola.

— Até lá. — Desliguei. Ainda encostada no portal, Tory me encarava.

— Então — disse ela. — Você e o Zach vão sair esta noite?

— No sábado à noite. E só como amigos. Não é um encontro nem nada. O pai dele ganhou dois ingressos grátis para ver Nigel Kennedy, o violinista inglês, no Carnegie Hall, e Zach quis saber se eu estaria interessada em ir com ele...

Tory me olhou, inexpressivamente.

— Não sabia que o Zach gostava de música clássica.

— Bem... — Olhei para Petra, que estava parada ali perto, cortando legumes. Além do fato de seus ombros terem ficado meio tensos, Petra não deu sinal de que estivesse prestando atenção à nossa conversa. — Não sei. Talvez ele queira expandir os horizontes ou algo assim.

— Não é uma graça? — o tom de Tory sugeria que ela pensava exatamente o contrário. — O que aconteceu com seu cabelo?

Levantei a mão instintivamente para tocar o cabelo. Tinha esquecido que Chanelle havia feito umas experiências com ele durante a tarde. Ela o havia escovado fazendo um coque bufante e doido, e insistiu que eu fosse para casa assim.

— Ah, isso. Foi Chanelle. A gente estava de bobeira na casa dela e resolveu experimentar.

— Bom. Que ótimo. Primeiro você rouba meu namorado. Depois rouba minha melhor amiga. É assim que fazem as coisas lá em Iowa? Porque certamente por aqui as coisas não funcionam assim.

Tentando manter a calma, falei:

— Você sabe perfeitamente bem que Zach não gosta de mim, a não ser como amiga. E ele nunca foi seu namorado. Você *tem* namorado. O Shawn, lembra? — Não quis trazer à tona o lance do "amigos com benefícios" na frente de Petra, por isso só acrescentei: — E Chanelle acha que, desde que você começou a andar com Gretchen e Lindsey, não se importa mais com ela. Você nem parece querer passar algum tempo com ela. Então por que eu não deveria fazer isso?

— Não me interessa com quem você passa o tempo — disse Tory, cheia de escárnio. — Só estou imaginando por que alguém passaria *tanto* tempo com um cara que você diz que nem está interessado em você. Como se não bastasse passar a aula de educação física com ele todos os dias. Ah, não. Agora ainda vai a um *concerto* com ele.

Olhei para Petra. Ela ainda estava picando legumes.

— Olha, Tory, se isso vai deixar você chateada, eu ligo para ele dizendo que não posso ir...

Porque, o que mais eu iria dizer?

Mas Tory pareceu não gostar dessa ideia, também.

— Ah, não. Não deixe de ir por *minha* causa. *Não me importa como você desperdiça o seu tempo.* Ele é seu. Imagina só, ir a um concerto de música clássica com Zach Rosen. O que *me* importa? Quando acabar, talvez vocês possam fazer um passeio pelo Central Park, já que parecem gostar tanto disso. Não seria divertido? Diversão boa e limpa. Porque Deus sabe que a prima Jean de Iowa nunca faria nada ruim. A não ser matar a educação física, claro.

Olhei para Petra, que havia desistido de fingir que não estava escutando. Tinha se virado da tábua de picar e ouvia totalmente, o olhar focalizado em Tory, a expressão indecifrável.

— Imagino o que o professor Winthrop diria se descobrisse o que vocês dois estão aprontando — disse Tory, num tom pensativo. — Você e o Zach. Juntos todos os dias na educação física. Você sabe, o professor Winthrop não suporta quando as pessoas matam a aula dele.

Engoli em seco.

— Isso é uma ameaça, Tory?

Tory gargalhou. Havia tirado o uniforme da escola e posto outra de suas minissaias pretas. Esta parecia feita de couro.

— Não. Isso é, imagino se Zach iria continuar sendo seu *amiguinho* se por acaso eu mencionasse que aquele livro que você comprou na Encantos não era para sua irmã, afinal de contas, e sim para seu uso pessoal...

— Torrance — chamou Petra.

Tory estivera andando lentamente na minha direção enquanto falava. Neste momento, ela se virou, impaciente.

— O que é? — Tory praticamente gritou para Petra.

Mas Petra estava perfeitamente calma enquanto dizia:

— Sua mãe ligou do escritório hoje. Disse que seu orientador entrou em contato com ela, no trabalho. Sua mãe quer que eu garanta que você estará em casa hoje na hora do jantar, para que ela e seu pai possam conversar com você. Acho que você sabe qual é o assunto. Então, por favor, fique em casa esta noite, certo?

Tory não disse nada. Em vez disso, lançou um olhar de puro ódio na minha direção. O olhar dizia claramente demais: *Você fez isso, não fez?*

Balancei a cabeça. Claro que não tinha feito! O que quer que fosse, Tory havia provocado sozinha.

Mas era muito tarde. Tarde demais.

Tory soltou um riso que não tinha nenhum humor.

— Está certo. É guerra, Jinx.

Em seguida se virou e saiu correndo da cozinha. Alguns segundos depois ouvimos a porta da frente bater, com força suficiente para chacoalhar as janelas.

Foi Petra que rompeu o silêncio em seguida.

— Escute, Jinx. Vá à tal coisa, a coisa do violino. Vá com o Zach.

Balancei a cabeça.

— Não, Petra. Não vale a pena, se ela vai ficar tão chateada. Está tudo bem, de verdade.

De que adiantava? Tory só iria contar ao Zach, na primeira oportunidade, sobre meu passado de fazer feitiços... pelo menos o que ela sabia a respeito, que, felizmente, não era muito. E ele perceberia que sou tão pirada quanto ela — talvez até mais — e me largaria como uma batata quente.

— Não, *não* está tudo bem — Petra levantou a voz pela primeira vez desde que eu a havia conhecido. Pelo menos para mim. Espantada, olhei para ela. — Tem alguma coisa errada nesta casa, eu sei. E estou dizendo: o que há de errado nesta casa é *aquela ali*. — Petra apontou com a faca na direção da porta por onde Tory havia acabado de sair. — Não é justo ela dizer isso a você, que você não pode ver o Zachary. Ele não pertence a ela. Ele nunca fez nenhuma promessa a Tory. Saia com ele.

— Não vale a pena, Petra. Só vai deixar Tory com raiva.

— Ela já está com raiva. — Petra se virou de novo para as cenouras. — Deixe que *eu* cuido da raiva dela. Estou acostumada.

Não pude deixar de sorrir um pouco diante das costas fortes e esguias de Petra. Ela não fazia ideia do que estava falando. Era *realmente* engraçado, se a gente pensasse bem.

— E o que ela quis dizer com aquilo? — a *au pair* se virou de novo. — O que ela falou sobre uma guerra?

— Nada. — Levantei a mão e toquei o pentagrama pendurado no pescoço.

Pelo jeito, eu precisaria da sorte que ele deveria me trazer mais cedo do que esperava.

CAPÍTULO 12

Começou no dia seguinte.

Eu soube disso quando me aproximei do meu armário da escola, antes mesmo do início da primeira aula. Parei de repente, com o trânsito no corredor me rodeando, as pessoas me lançando olhares irritados enquanto tentavam passar.

Não houvera sinal de Tory naquela manhã, e, tendo notado a tensão no rosto de tia Evelyn à mesa do café (aparentemente a pequena reunião que ela e o tio Ted haviam tido com Tory na véspera, quando esta finalmente apareceu, não havia corrido bem), não esperei por ela e simplesmente fui para a escola sozinha.

Zach, com quem eu havia esbarrado no caminho da escola, olhou o corredor ao redor e perguntou:

— O que é?

— Olha — apontei.

Os corredores da escola Chapman geralmente são apinhados. A escola elitista, cujos formandos costumam ir para faculdades importantes, estava passando por uma fase de popularidade que resultava em salas quase atulhadas e corredores por onde mal dava para passar. Mas, naquele dia, estava ainda pior.

Então percebi que a multidão não era composta pelo pessoal que eu via normalmente do lado de fora das salas esperando o sinal tocar, mas também professores e até alguns administradores da diretoria. Todos estavam parados, olhando para um ponto... e aquele ponto, eu sabia, mesmo a cem metros de distância, era o meu armário.

Com um sentimento crescente de pavor, para não mencionar a ressurreição do nó no estômago, abri caminho passando por dois jogadores de *lacrosse* que estavam bloqueando minha visão, e parei. Ali, pendurado por um cadarço de sapato preso na abertura de ventilação na parte superior do meu armário, estava um rato morto. Algum tipo de líquido — não era sangue — pingava da cavidade onde a cabeça do rato deveria estar, formando uma poça rosada no piso de ladrilhos diante do meu armário.

Zach se espremeu pela multidão atrás de mim e congelou. Senti a respiração quente dele na minha nuca, enquanto ele sussurrava...

— Cacet...

Um zelador estava desamarrando cuidadosamente o rato, com um saco plástico embaixo, para receber o corpo, que caiu, com um som fraco e nojento. Vários estudantes gemeram.

— Esse armário é seu, senhorita? — perguntou uma administradora de nariz afilado.

Eu não conseguia afastar o olhar da poça cor-de-rosa na frente da porta do meu armário.

— Sim, senhora — respondi.

— Tem alguma ideia de quem poderia ter feito isso?

Levantei o olhar da poça, mas em vez de fixá-lo no rosto da mulher, examinei a multidão, procurando uma pessoa em particular. Finalmente notei Tory pressionada contra os ombros dos jogadores de *lacrosse*, espiando entre eles, com um sorriso de triunfo grudado no rosto.

Desviei o olhar e disse à administradora:

— Não, senhora. Não tenho ideia de quem poderia ter feito isso.

Passei o resto do dia numa espécie de névoa. Ficava me perguntando: o que Tory achava que estava fazendo? Roubando um rato de dissecação do laboratório de biologia — por que era de lá, pelo que fiquei sabendo, que o rato tinha vindo. O líquido que pingava do pescoço aberto era formol — cortar a cabeça do bicho e pendurá-lo pelo rabo do lado de fora do armário de alguém não era bruxaria, nem preta nem branca. Não era *magia*. Era apenas doença. Era assim que Tory pretendia me castigar por tê-la amarrado para não fazer magia? Mostrando como ela poderia ser poderosa mesmo sem fazer feitiços?

Bom, estava dando certo. Eu estava apavorada — não por causa do rato, mas por causa do que ele representava. Se alguém podia fazer isso com um rato — mesmo um rato já morto —, quem saberia o que faria com um gato... ou uma *au pair* inocente.

Como meus feitiços de proteção — colocando moedas nos quatro cantos de um quarto ou escrevendo o nome de alguém num pedaço de papel e pondo num congelador — iriam manter alguém a salvo do tipo de peças perigosas que Tory e as amigas dela gostavam de pregar?

Porque era só isso. Peças... brincadeiras idiotas. Certamente não era magia, e não era engraçado. Na verdade, bastariam para deixar com raiva até a pessoa mais equilibrada.

— Não há como a gente provar que foi ela — comentou Chanelle durante o almoço naquele dia, olhando furiosa para a mesa onde Tory, Gretchen e Lindsey normalmente se sentavam... que hoje estava visivelmente vazia. Elas pareciam ter optado por comer em outro lugar. — Nunca vão expulsá-la sem provas. Ela só vai deduzir quem contou, depois fazer uma coisa ainda pior para essa pessoa. Ela e aquelas amigas bruxas.

— Elas *não são* bruxas — insisti, inflexível. — Só estão brincando de feitiçaria. A capacidade de fazer magia, magia de verdade, é um dom, um dom que valoriza a vida. As pessoas que têm esse dom seguem um código moral, um código que busca criar a harmonia com a natureza e entre as pessoas, e não fazer mal a elas.

Até Robert, mastigando um sanduíche, ficou impressionado com meu discurso.

— Uau. Onde você ouviu isso? No Discovery Channel?

— Não — respondi. — Eu... li em algum lugar.

— E o rato, então? — perguntou Chanelle. — Aquilo não valorizou muito nenhuma vida.

— É exatamente o que estou tentando dizer. Aquilo não era bruxaria.

— Era pura enganação — Chanelle olhou para Shawn, que estava ocupado digitando no seu Treo. — Cara. Ela é sua namorada. Você não pode dar um toque? Tipo que, se ela não conseguir se acalmar, você não vai com ela no baile da primavera?

— Ela não é minha namorada — Shawn nem ao menos afastou os olhos da tela. — Eu já disse. E tenho de ir com ela. Já comprei os ingressos e paguei o sinal pela limusine.

— Leve outra pessoa — sugeriu Chanelle.

Isso fez Shawn levantar os olhos da tela.

— Se eu disser a ela que vou levar outra pessoa — Shawn arregalou os olhos —, ela vai pendurar um rato no *meu* armário. Ou coisa pior.

— Está dizendo que você tem medo da sua namorada? — perguntou Chanelle.

— E como tenho. Além disso, por que vou querer deixar ela doida? Ela me presta um serviço valioso todos os dias durante o período livre.

— Você é nojento — declarou Chanelle. Depois, olhando triste para mim, falou: — Desculpe, Jean. Acho que ainda não há nada que a gente possa fazer.

Nada que a gente possa fazer. A frase ecoou na minha cabeça pelo resto da tarde. Não podia ser verdade. Tinha de haver *alguma coisa* que a gente pudesse fazer — alguma coisa que *eu* pudesse fazer. Mas o *quê?*

*

— Sei que foi a Tory — informou Zach em tom casual, na aula de educação física. — E está na hora de alguém fazer alguma coisa sobre isso.

— Por favor, não se envolva — respondi.

Nuvens haviam finalmente chegado sobre Manhattan, e em vez de dar a aula de educação física embaixo da chuva, o professor Winthrop obrigou os alunos a jogar queimado no refeitório. Eu havia deixado que a bola me acertasse imediatamente, e um minuto depois Zach se juntou a mim. Ficamos sentados com as costas na parede, junto com as outras pessoas que haviam sido acertadas.

— Já estou envolvido. Qual é, Jean, não sou idiota. Não sei o que está acontecendo entre vocês duas, mas tenho minhas suspeitas, e não vou deixar que ela...

— Sério, Zach. — Concentrei-me em amarrar de novo meus tênis, para que ele não visse como eu estava perto de chorar. — Apenas fique fora disso, certo?

Ele não pareceu nem um pouco intimidado.

— Por quê? Por que tenho de ficar fora disso? Sou eu quem está provocando, não sou?

— Não exatamente.

Eu sabia o que precisava fazer, pelo menos com relação ao Zach. Só que realmente não queria.

Mas que opção eu tinha? Ou contava a verdade... ou Tory contaria a versão dela. Pelo menos se eu fizesse isso haveria uma chance — uma chance pequena, admito — de que ele entendesse.

Porque havia muito mais na história do que Tory sabia.

— Há um pouco mais do que — comecei, desajeitada, imaginando como, afinal, iria fazer com que ele entendesse — a fixação de Tory por você.

Mas, para minha surpresa, ele tornou as coisas muito, muito mais fáceis, estendendo a mão e tocando o pentagrama pendurado no meu pescoço.

— É essa coisa? Esse lance de bruxa?

Alguma coisa se prendeu na minha garganta. Acho que era o nó do estômago.

— É — falei depois de tossir. — Naquele dia em que fomos à Encantos, no Village... eu... eu não contei exatamente a verdade.

— Quer dizer que aquele livro era para você, e não para Courtney? — O olhar que ele me lançou era ligeiramente sarcástico. — Eu posso não ter percepção extrassensorial como você, Jean. Mas consegui deduzir essa parte sozinho.

— Eu... não tenho percepção extrassensorial — gaguejei.

— Até parece. Então como você sabia que aquele mensageiro de bicicleta ia me atropelar? Como sabia o momento exato para me tirar do caminho?

— Isso foi só... isso foi só... — Minha voz ficou no ar. Os olhos verdes de Zach me hipnotizavam.

— Jean, eu sei que você tem... bem, talentos especiais. Mas você não acredita mesmo que todo esse negócio de bruxaria funciona, não é? A magia, os feitiços, a besteirada do vodu. Não acredita, não é?

Afastei o olhar dele com esforço, e o mantive na partida de queimado:

— Eu... acredito, Zach. O negócio é que eu vi coisas... coisas que não poderiam ser explicadas a não ser pela magia.

— As civilizações antigas usavam o conceito de magia para explicar qualquer coisa que não pudessem entender... como a doença — rebateu Zach, sério. — Mas agora nós temos mais informação, por causa da ciência. Só porque não há outra explicação que a gente conheça, não significa que seja magia.

— Eu sei. Mas isso não nega o fato de que... eu acredito. E, mais importante, Tory também.

— Bom, isso precisa parar. Não está certo. O que quer que Tory esteja fazendo... não vou ficar só olhando, como todo mundo nessa escola. Não vou deixar ela ficar numa boa com isso.

Baixei a cabeça.

— Não. Sério, Zach, não. Tory... ela está realmente furiosa comigo. Não só por sua causa, mas porque eu não... bem, eu não quero entrar para o *coven* dela. Ela vai tentar uma vingança, e um modo de fazer isso pode ser... bem, ela pode tentar contar coisas a você, sobre mim...

— Que tipo de coisas? — perguntou Zach, um pouco depressa demais.

Minhas bochechas começaram a esquentar, mas mantive o olhar no jogo.

— Coisas sobre eu ser uma bruxa. Não sou, mas, como falei... já andei mexendo com isso. E ela pode dizer coisas sobre... bem, um cara...

— O cara que estava assediando você — terminou Zach para mim. — É, eu deduzi. Que tipo de coisas sobre ele?

— Não sei. Qualquer coisa que ela falar sobre ele vai ser mentira, porque ela não conhece toda a história.

— Qual *é* toda a história? Jean, o que aconteceu com esse cara? O que ele fez, para você ter de fugir para o outro lado do país?

Lancei-lhe um olhar espantado.

— Ele não fez nada comigo. Não foi nem um pouco assim. Mas é isso que eu quero dizer. Ela pode tentar inventar... nem sei o quê. O negócio, Zach, é que Tory tem problemas. — Pensei na foto de Petra no fundo da caixa de areia. — Problemas *sérios*.

— Eu sei que ela tem problemas. Meu Deus, Jean, ela pendurou um rato sem cabeça na porta do seu armário. Isso não é sinal de alguém que esteja bem. Mais motivo ainda para alguém contar aos pais dela.

— Zach, não vai adiantar. Ela simplesmente negaria. E não há prova de que foi ela...

O som agudo do apito nos interrompeu. O professor Winthrop gritou:

— Rosen! Honeychurch! Isso aqui não é lugar de descanso. Levantem-se!

Fiquei rapidamente de pé.

— Por favor, Zach — pedi, com o estômago enjoado. — Deixe que cuido disso, certo? Sei que tudo vai ficar bem.

Ele balançou a cabeça.

— *Sabe*? Tipo você olhou o futuro e viu isso?

Fiz uma careta.

— Bem, não... não exatamente. Mas as coisas não podem piorar, podem?

CAPÍTULO 13

E pelo resto da semana as coisas não pioraram, afinal. Nada de ruim aconteceu. Tory estava sendo mantida bem ocupada pelos pais, que finalmente haviam sido alertados para o fato de que ela estava se dando mal em quase todas as matérias, o que se devia quase totalmente ao fato de que não tinha feito nenhum dever de casa durante todo o semestre. Como poderia? Ela saía quase toda noite com Gretchen e Lindsey, brincando de ser bruxa.

Mas minha tia e meu tio finalmente puseram um ponto final nisso, cancelando todos os compromissos sociais de Tory, ficando em casa para supervisionar suas idas e vindas e contratando uma professora particular, com quem ela era obrigada a se encontrar seis dias por semana, inclusive nas manhãs de sábado. Tory relutou tremendamente, mas os pais não recuaram.

Pessoalmente achei que isso era um sinal bastante bom de que as coisas poderiam se acalmar.

Mas Zach tinha dúvidas.

— Já vi isso acontecer antes — ele deu de ombros quando lhe contei. — Sua tia e seu tio chamam a atenção dela por causa das notas durante um tempo, fazem com que ela se consulte mais regularmente com o terapeuta, e coisa e tal. Depois ela faz alguma cena dramática para eles se sentirem culpados, e eles recuam.

Achei isso difícil de acreditar, mas Zach, que ainda queria contar a tia Evelyn e tio Ted sobre o rato, só que eu não deixava, disse apenas:

— Espere só. Você vai ver.

Esperei, pensando que ele estaria errado. Tia Evelyn continuou vigilante pelo resto da semana, verificando com os professores de Tory para saber quais eram os deveres de casa, e tio Ted os repassava com a filha toda noite, mesmo depois da aula particular. A não ser pelos olhares feios que me lançava regularmente, Tory me deixou em paz... e eu não achava que fosse por causa do pentagrama que eu estava usando como proteção. E deixou Petra em paz, também. Seria por causa do feitiço de amarração?

Ou será que Tory havia realmente virado a página?

— Acho que ela está melhor — falei ao Zach, jantando num barulhento restaurante italiano na noite em que fomos assistir ao Nigel Kennedy. — Ela não tem tempo de pensar em modos de torturar as pessoas. Está ocupada demais se atualizando com o dever de geometria.

— Bem, talvez ela não tenha pendurado mais nenhum animal morto no seu armário, mas isso não significa que não planeje fazer alguma coisa pior. Aquela garota está com ideia fixa em você, Jean.

Mas, risonha de alegria por estar saindo com Zach, mesmo que tenhamos passado boa parte do jantar falando da visita iminente de Willem e qual seria o impacto disso na campanha de Zach para ganhar o coração da mulher dos seus sonhos, eu não podia exatamente compartilhar o mal-humor dele com relação a Tory.

E no fim do concerto, ele estava sorrindo tanto quanto eu... ainda que provavelmente mais por achar divertida a força com que eu aplaudia do que qualquer outra coisa. Só quando estávamos caminhando para casa, depois de decidirmos andar para curtir o ar quente da noite, aconteceu alguma coisa para atrapalhar meu ânimo.

— Não foi o concerto mais chato que já vi. — Zach estava tentando me tranquilizar.

— Então por que seus olhos ficaram fechados na maior parte do tempo?

— Eu estava descansando os olhos. Com toda a sinceridade. Sério mesmo, não tenho nada contra música clássica. Mas jazz? Não me chame para ouvir jazz. Principalmente... como é que chamam? Free jazz. Já tentou bater o pé acompanhando o ritmo do free jazz? É, não rola. O que gosto mesmo é de blues. Tem um lugar fantástico onde toca blues, na zona sul de Manhattan... a gente poderia ir lá no fim de semana que vem. Primeiro tenho de arranjar um documento de identidade falso para você, porque só deixam entrar quem tem mais de 21 anos.

— Seria fantástico.

— Na verdade, é melhor no outro final de semana, sem ser o próximo. No próximo vai ser o baile da primavera. Sabe, o baile formal. Não sei se você quer ir, é bem idiota. Mas eu nunca fui, por isso pensei... bem... será que você não gostaria? De ir comigo? Ao baile? Estritamente como amigos, claro.

Meu sorriso parecia capaz de partir a minha cabeça ao meio. É verdade que Zach estava apaixonado por outra garota. Mas ele tinha me convidado para o baile, e não ela.

Era bom demais para ser verdade. Não podia estar acontecendo comigo, Jean Honeychurch. Isso tinha de estar acontecendo com outra garota.

— Tudo bem — respondi com o coração parecendo a ponto de explodir. — Parece que pode ser divertido...

E então viramos a esquina da rua Sessenta e Nove Leste.

E pude ver a ambulância parada na frente da casa dos Gardiner, as luzes vermelhas piscando e se refletindo nas janelas escuras de todos os prédios baixos ao redor.

— Não deve ser nada — gritou Zach atrás de mim, enquanto eu começava a correr.

Mas era. Chegamos lá no momento em que os paramédicos surgiram trazendo Tory numa maca. Vi logo de cara que ela estava consciente, até mesmo olhando ao redor. Quando seu olhar pousou em mim e Zach, seus olhos, dramaticamente maquiados como sempre, se estreitaram, perigosos. E logo estavam colocando-a na ambulância e não pude ver mais, porque tinham fechado as portas.

Corri até a escada e quase trombei com Petra, que estava parada no *hall*, revirando uma pilha de cartões de crédito enquanto um policial esperava.

— Ah, Jean — gritou ela, com o rosto bonito manchado de lágrimas. — Ah, Jean, graças a Deus você está em casa. Pode ficar aqui com as crianças enquanto eu vou com Torrance? Os pais dela... tinham um evento beneficente para ir. Não estão aqui. Ela estava tão melhor que eles acharam que podiam dar uma saída...

— Claro — respondi. Foi Zach, que havia corrido atrás de mim, que perguntou a Petra. — O que aconteceu?

— Foi minha culpa — disse Petra enquanto ainda procurava algo na pilha de cartões de crédito. — Eu deveria dar uma olhada nela às seis horas, mas estava ocupada demais ajudando Jean a se preparar para sair...

Lancei um olhar culpado na direção de Zach. Petra *havia* passado quase uma hora me ajudando a me vestir para o encontro com Zach, em vez de verificar Tory, que deveria estar estudando no quarto.

— Se eu tivesse olhado naquela hora — a voz de Petra estava embargada —, teria descoberto mais cedo. Mas com o negócio de ajudar você, depois o Zach chegando, depois preparando o jantar das crianças, depois o banho delas, a história para dormir... simplesmente esqueci. Ela estava tão quieta que nem me lembrei de que estava em casa. Quando é que ela esteve em casa numa noite de sábado? Ah! — Petra se virou para o policial. — Não consigo achar!

— Tudo bem, moça — o policial acalmou-a. — Leve todos, e você poderá procurar a caminho do hospital.

— O cartão do seguro — explicou Petra enquanto saía pela porta. — Não consigo achar. Nem tive chance de ligar para o senhor e a senhora Gardiner. Pode ligar para eles, Jean? Diga que estamos no... — Ela lançou um olhar interrogativo para o policial.

— Cabrini — o homem informou.

— Hospital Cabrini — repetiu Petra, enquanto descia os degraus da frente em direção à ambulância que esperava. — Pode dizer para eles me encontrarem lá, Jean? Diga que Torrance...

— Torrance o *quê?* — perguntei com a voz falhando.

— Tentou se matar — gritou Petra, segurando o minúsculo saco plástico em que Shawn havia entregado o Valium de Tory. — Overdose.

— Ah — olhei do saco plástico para Petra, depois para o policial e de volta para o saquinho. — Na verdade, se os comprimidos estavam nesse saco, eram só aspirina infantil.

CAPÍTULO
14

O que mais eu deveria fazer?

Não podia simplesmente deixar minha prima andar por aí tomando drogas. Não se houvesse algo que eu pudesse fazer para impedir.

Assim, numa noite, encontrei o depósito secreto quando ela não estava em casa (não foi tão difícil; ela havia escondido os comprimidos dentro do porta-joias), depois revirei a farmácia da rua até encontrar comprimidos de aparência semelhante, mas inofensivos, que eu poderia substituir pelos de verdade — que então joguei no vaso e dei descarga.

— Quando ela chegar em casa — observou Zach, por cima de sua Coca — vai matar você.

— Tory ia me matar mesmo antes disso — falei em tom sombrio. — Isso só vai intensificar a decisão dela.

— Você sabe que ela não pretendia se matar de verdade. — Zach levou a lata de refrigerante aos lábios e tomou um longo gole.

— Não pretendia? Zach, claro que pretendia. Você não toma uma overdose de Valium por acidente. Isso é loucura!

— Hã. — Zach enfiou a mão no saco de batatas fritas que alguém havia deixado aberto na mesa da cozinha e pegou um punhado. — Loucura nada. Valium é a única droga com a qual é bem difícil se matar. E a noção de tempo dela foi impecável, para o caso de você não ter notado.

Arrasada, na cadeira em que Alice geralmente se sentava no café da manhã, olhei atônita para Zach.

— A noção de tempo? O que você está falando?

— Ela sabia que você e eu íamos sair esta noite, não é?

Mordi o lábio, lembrando-me do confronto na cozinha.

— Bem, sabia.

— Foi o que pensei. Então deve ter tomado os comprimidos na hora do jantar. Bem antes de eu vir pegar você. Se Petra tivesse verificado, como deveria, teria encontrado Tory esparramada no chão e sua idazinha ao teatro — ele mordeu ruidosamente uma batata — teria sido adiada indefinidamente.

Olhei-o por cima da mesa da cozinha.

— Você não pode estar falando sério. Está dizendo que Tory não tentou se matar, que tomou um punhado de comprimidos só para me impedir de sair com você?

Ele deu de ombros e engoliu a batata com um bocado de refrigerante.

— Não um punhado. Dois. Foi quantos ela disse aos paramédicos que havia tomado. Tory sabe que dois Valium não fazem nada. É só um show. Um show grande e inconveniente. Ela não fez nada contra si própria. Felizmente para nós, desta vez, você trocou o Valium por aspirina infantil. E então Petra fez besteira e só encontrou Tory depois de termos saído.

— Ah, Zach — suspirei. — A coitada da Petra achou que era culpa dela, mas não é. É minha.

Zach bateu seu refrigerante na mesa.

— Corta essa — ele fez uma careta.

Mas era fácil para Zach dizer "corta essa". Para mim não era nada disso. Afinal de contas, Tory havia confiado em mim, mostrando o boneco que tinha feito. E como eu havia retribuído? Saindo com Zach. Claro, Zach não gostava de mim, pelo menos não como eu gostava dele. Éramos apenas amigos.

Mas ele e Tory eram só amigos, e ele não ia a concertos com ela. Claro que ela ficou com ciúme. Claro que havia agido movida por esse ciúme.

E agora ele tinha me convidado para acompanhá-lo no baile. Se ela havia tentado se matar — ou, se o Zach estivesse certo, fingido uma tentativa de suicídio — só porque nós tínhamos ido a um concerto juntos, o que faria quando soubesse que ele havia me convidado para o baile da primavera?

Eu não sabia. Mas tinha certeza de que não queria descobrir.

Foi nesse momento que o telefone tocou. Antes do segundo toque, eu estava de pé, saindo de trás da mesa e pegando o aparelho.

— Sou eu — disse tia Evelyn. — Estamos aqui no hospital com a Tory. Vamos chegar logo em casa. Ela vai ficar bem. Graças a você.

Soltei um enorme suspiro de alívio.

— Graças a Deus.

Levantei o polegar para Zach. Ele murmurou:

— *Eu não disse?*

— Como estão as crianças? — perguntou tia Evelyn.

— Dormindo.

Alice, felizmente, nem chegou a acordar. Teddy ouviu a agitação e desceu, mas Zach o convenceu a voltar para a cama prometendo um jogo de bola no quintal, no dia seguinte.

— Ótimo. Bem, parece que vão dar alta logo. Não tiveram de fazer lavagem estomacal, assim que souberam que era... bem, o que você disse. Mal pude acreditar quando me contaram. Não sei como ela conseguiu arranjar *Valium*. Como você soube, Jean?

— Soube o quê?

— Que ela estava com aqueles comprimidos?

Engoli em seco.

— Eu... só encontrei...

— E não contou para a gente? — Tia Evelyn pareceu realmente desapontada comigo. — Estou muito grata pelo que você fez, Jean, mas mesmo assim deveria ter nos contado. Tory está... ah, aí vem um médico. Não espere por nós, Jean. Vamos conversar de manhã. Obrigada por vigiar as crianças.

— Ah, não tem pro...

Mas tia Evelyn já havia desligado.

Pus o telefone no gancho, depois me virei para Zach. Sentia como se fosse vomitar. Mas não tinha opção.

Tory havia pensado em tudo.

— E então? — Zach estava me olhando com aqueles intensos olhos verdes. — Ela está legal, não é?

— Ela está bem — engoli em seco. — Zach. Não posso ir ao baile com você. — Falei depressa. E com firmeza.

Zach só continuou me olhando.

— É isso que ela quer, você sabe. Foi por isso que fez.

— Mesmo assim — lembrei-me de como a voz de tia Evelyn pareceu sofrida ao telefone. — Não posso ir. Sinto muito.

Zach revirou os olhos.

— Para de se culpar. Nada disso é sua culpa.

— É minha culpa, também! Por isso não posso ir com você. Não seria certo. É melhor você convidar outra pessoa.

Zach pareceu com raiva.

— Não *quero* convidar mais ninguém. Se não posso ir com a garota que eu quero, não vou com ninguém.

— Por quê? — perguntei acalorada. — É Petra que você quer, mas ia comigo. Então que diferença faz?

— Sabe de uma coisa? — ele soltou um riso súbito. E sem humor. — Você está certa. Não faz diferença nenhuma. Vou para casa agora. Vejo você amanhã.

E então foi embora.

Fiquei sozinha na cozinha dos Gardiner. O que tornou fácil fazer o que fiz em seguida: me sentar e abrir o berreiro durante uns bons dez minutos. E não estava chorando só por mim ou porque tinha perdido o Zach — não que ele fosse meu, para começar.

Não. Eu estava chorando por Tory, e por Petra, e por todas as pessoas que a minha magia — seria magia ou simplesmente azar? — havia ferido.

Parando para pensar, o que Tory havia feito consigo mesma não era, no fundo, resultado direto de meu feitiço de amarração? Eu a havia amarrado para não fazer mal aos outros...

... mas não para não fazer mal a si mesma.

Esse fato me machucou ainda mais quando ela finalmente chegou em casa e a vi ali com eles — com os pais e Petra — no *hall* quando corri para recebê-los. Tory estava pálida e parecia mais magra do que nunca.

Mas mesmo pálida, não havia nada de fraco no modo como lançou um olhar, que sem dúvida era de pura maldade, por cima do ombro quando parou de subir a escada, depois de ouvir minha voz quando falei:

— Ah, vocês chegaram.

— Ah, Jean — disse tia Evelyn, enquanto tirava o casaco de noite. — Ainda está acordada? Não precisava esperar. É tarde.

— Fiquei preocupada demais para dormir.

— Bom, não precisa mais se preocupar — o tio Ted olhou para Tory na escada. — Ela está bem. Graças a você.

Ao ouvir isso, o rosto de Tory perdeu um pouco da palidez e assumiu uma espécie de vermelho manchado. Depois, olhando para mim, cuspiu:

— Vou pegar você por isso, nem que seja a última coisa que eu faça, Jinx!

— Tory! — O tio Ted ficou pasmo. — Sua prima pode ter salvado sua vida hoje. A coisa adequada seria agradecer a ela.

— Ah, vou agradecer, sem dúvida — Tory soltou um riso de desprezo. — Tenho um agradecimento muito especial que estive guardando só para a Jinx.

— Torrance! — a voz de tia Evelyn saiu tão dura que poderia ter cortado vidro. — Vá para o seu quarto. Vamos discutir isso de manhã. *Com* seu terapeuta.

Tory me lançou um último olhar funesto e depois subiu correndo a escada. Quando a porta havia batido, Petra, que estivera parada em silêncio junto da porta que dava na sala de estar, disse:

— Bom, estou cansada. Se não for problema para vocês, acho que vou dormir.

— Claro, Petra — respondeu tia Evelyn num tom completamente diferente. — Muito obrigada por tudo que fez esta noite.

— Sem problema — respondeu Petra. — Fico feliz porque... bem. Fico feliz. Boa-noite.

Ela desapareceu pela porta que dava em seu aconchegante apartamento do porão. Assim que ela sumiu, virei-me para a tia Evelyn e o tio Ted.

Era hora. Eu havia feito com Zach. Agora era a vez deles.

Não queria. Mas não tinha escolha.

— Sei que vocês dois estão cansados e provavelmente querem ir para a cama. Mas só queria dizer como lamento não ter contado sobre as drogas. Quero dizer, que eu sabia que Tory tinha. E... e... — acrescentei essa última parte rapidamente, tendo ensaiado praticamente sem parar, na cabeça, desde que tinha visto Tory ser carregada para fora da casa naquela maca. — E se quiserem me mandar para casa, entendo completamente.

Tia Evelyn e tio Ted me olharam como se eu tivesse sugerido que me degolassem.

— Mandar você para casa? — ecoou tio Ted. — Por que faríamos isso?

— Ah, Jean, querida. — Cheirando a um perfume exótico, como sempre, e linda num vestido longo e preto, tia Evelyn passou o braço em volta de mim. — O que aconteceu esta noite não é sua culpa. Tory anda tendo... dificuldades... já há algum tempo. Desculpe ter sido rude com você ao telefone. Eu só estava perturbada. Mas não culpamos você. De jeito nenhum.

— Mas — como eu poderia explicar isso sem fazer Tory me odiar (não que ela já não odiasse) para sempre se descobrisse? — É só que... bem, esse negócio com o Zach...

O rosto bonito de tia Evelyn endureceu e ela afastou o braço de mim. Mas não, como pensei a princípio, porque estava com raiva de mim.

— É disso que se trata? — perguntou ela. — Nós estávamos imaginando. Tory tem uma fixação por ele há um bom tempo. É uma infelicidade ele não corresponder ao sentimento, mas eu expliquei a ela... que a vida é assim. Não é sua culpa se ele escolheu você, e não ela.

Fiquei vermelha até a raiz dos cabelos.

— Ah, não — falei, horrorizada. — Zach e eu... não estamos namorando. Somos só amigos. Não sei por que Tory acha que é algo além disso.

Tia Evelyn levantou as sobrancelhas.

— Verdade? — perguntou. — Bem, porque ele sempre parece estar...

Mas ela não terminou porque o tio Ted interrompeu:

— Espere. Não estou acompanhando. Achei que Tory havia superado o negócio com o Zach. E o tal de Shawn?

— Acho que são só amigos — disse tia Evelyn.

É. Amigos com benefícios.

— O negócio — senti que, de algum modo, o objetivo do meu discurso havia se perdido — é que acho que o fato de eu ser amiga de Zach foi que levou Tory a fazer o que fez. De modo que, se eu fosse para casa...

— Você ainda não pode voltar para Hancock, Jean – tia Evelyn pareceu perturbada. — Ted e eu adoramos ter você aqui. E Teddy e Alice veneram você. Petra só consegue dizer coisas boas a seu respeito. Até Marta diz que você é um sopro de ar puro na casa. Você se tornou tão necessária aqui que nem sei o que faríamos sem sua presença.

— E — acrescentou tio Ted —, francamente, acho que sua estada aqui tem sido boa para Tory. Sei que esta noite foi ruim. Mas imagine como poderia ter sido pior, se você não tivesse... bem, feito o que fez.

— Você é um bom exemplo para ela, Jean — concordou tia Evelyn. — Você tem os pés plantados com muita firmeza no chão. Devo admitir, Jean, que eu realmente esperava que um pouco da sua boa influência passasse para Tory.

Mordi o lábio inferior. Bom exemplo? Eles esperavam que um pouco da minha boa influência passasse para Tory? Meu Deus, não era de espantar que ela me odiasse tanto! *Eu* me odiava, ouvindo como eles me descreviam.

Mas a verdade é que eu não queria ir embora. Mesmo que tia Evelyn tivesse errado totalmente o alvo com seu comentário sobre "pés plantados com muita firmeza no chão". Ela claramente não fazia ideia de para onde eu ia amanhã — um lugar aonde eu sabia que, agora que ia ficar na casa, não tinha opção a não ser ir.

E eu não iria lhe contar.

— Certo — concordei. — Eu fico.

Afinal de contas, qual era a pior coisa que poderia acontecer? Nada tão ruim quanto o que havia acontecido em Hancock.

Pelo menos foi o que eu pensei naquele momento.

CAPÍTULO
15

Os sininhos na porta da loja tocaram quando entrei. A mulher atrás do balcão levantou o olhar do livro que estava lendo e disse:

— Abençoada...

Então me reconheceu e seu rosto se abriu num sorriso.

— Ah, é você — disse com gentileza. — Como vai, irmã?

Fui para perto do balcão, hesitando. Desta vez, eu tinha vindo sozinha, me virando no sistema de transportes de Nova York sem a ajuda de Zach. Havia sido apavorante pegar o metrô sozinha, em especial quando os vagões chegavam trovejando na estação, rugindo tão alto que eu não conseguia ouvir mais nada.

Mas eu tinha conseguido. E agora estava na loja da rua Nove, sentindo que era idiotice ter vindo. A magia não poderia me ajudar.

Nem esta mulher.

Ninguém poderia me ajudar.

A mulher pousou o livro. Olhei a capa. Não era um livro sobre bruxaria, como eu poderia ter esperado, e sim um simples romance de ficção científica.

— O que é, querida? — perguntou a mulher com voz simpática.

Olhei ao redor. A não ser pela gata, que estava deitada numa pilha de livros num canto, tomando banho, concentrada, não havia mais ninguém na loja. Engoli em seco. Estava me sentindo ridícula. No entanto...

— Alguém que eu conheço está fazendo um feitiço — falei rapidamente. Afinal de contas... que mal faria? Talvez até ajudasse. — Só sei que um dos ingredientes é um tipo de fungo que cresce em lápides, e... ah... a pessoa que vai fazer o feitiço tem de colher os fungos à meia-noite sob uma lua crescente. Fiquei pensando se você teria alguma ideia do tipo de feitiço que poderia ser.

A mulher, que parecia ter trinta e poucos anos, com pele perfeita e cabelos compridos e escuros, franziu a testa, pensativa. Fiquei preocupada com a hipótese de ela fazer um discurso sobre como a prática da bruxaria tinha realmente a ver com ganhar força, e que os feitiços eram apenas o modo de a bruxa focalizar a energia para resolver alguns problemas. Mas, em vez disso, a mulher falou:

— Bem, a lua crescente é quando está ficando cheia, de modo que um feitiço feito nesse período indica algum tipo de crescimento. É um bom tempo para novos começos.

— Então... poderia ser um feitiço bom? — Fiquei animada. — Quero dizer, novos começos são bons, não é?

— Nem sempre. — A vendedora me olhou com simpatia. — Essa pessoa está com raiva, por acaso?

Engoli em seco de novo. *Tenho um agradecimento muito especial que estive guardando só para a Jinx.*

— Está.

Ela assentiu:

— Isso significa problema, então. Mas nada que você não possa resolver.

Olhei-a boquiaberta.

— *Eu?* Dificilmente.

A mulher pareceu achar divertido.

— Só de olhar, posso dizer que você é uma bruxa nata... e poderosa, pelo que sinto.

Balancei a cabeça de modo que os cachos bateram nas bochechas.

— Não. Não, você não entende. Qualquer poder que eu tenha... é ruim. Tudo que eu toco dá problema. Por isso me chamam de Jinx.

A mulher sorriu, mas ao mesmo tempo balançou a cabeça.

— Você não é azarada. Mas sinto... perdoe-me por dizer, mas sinto que você tem medo dele. Do seu poder.

Não pude deixar de encará-la. Como é que ela...

Ah. Certo. Ela era uma bruxa.

— Fiz um feitiço uma vez — contei, com a garganta subitamente muito seca. — Meu primeiro feitiço. Meu único feitiço, na verdade, a não ser um feitiço de amarração. Esse feitiço, o primeiro... deu errado. Muito, muito errado.

— Ah. — Ela assentiu, como se soubesse das coisas. — Agora entendo. Esse poder que você descobriu a deixou amedrontada. Talvez seja isso que esteja provocando seu suposto azar. Você mesma o está provocando, através do medo.

O quê? Eu estava causando meu azar? Impossível. Por que eu faria isso?

— Compreendo como deve ser para você — continuou ela, com simpatia. — E está certa em ser cautelosa. Um poder tão forte quanto o seu... é realmente muita responsabilidade. Você nunca deveria usá-lo de modo leviano. E nunca, como tenho certeza de que aprendeu, para manipular a vontade de outra pessoa. Porque pode dar errado... muito errado, como parece ter acontecido com seu primeiro feitiço. Mas isso não significa que deva ter medo dele. Ter cuidado, sim. Medo, não. Porque seu poder, seu dom, faz parte de você. Uma parte boa, e não má. Ao não abraçá-lo, você está negando parte de si mesma. É como dizer que não gosta de si mesma. E isso é errado. Sem dúvida você pode ver que é isso que está acontecendo, porque tem uma espécie de... bem, como você diz, azar, não é isso o que *jinx* significa?

Peguei-me confirmando com a cabeça. Não confiava em minha capacidade de falar.

— A magia que você possui — continuou a mulher, com gentileza — é muito antiga e muito forte. Acho que a pessoa que está fazendo esse feitiço contra você, o dos cogumelos, não tem a mínima ideia do que está enfrentando. Você irá derrotá-la... mas, para isso, precisa abraçar aquilo que você teme.

Abraçar o que eu temia? Ela só podia estar brincando. Quero dizer, era fácil para *ela* falar. Talvez se ela ficasse no meu lugar durante um dia, só um dia, veria que não havia nada para abraçar... só coisas das quais fugir, gritando. Ratos sem cabeça, ciclistas descontrolados, bonecos com alfinetes na cabeça e...

A mulher sorriu para mim.

— Você não acredita. Estou vendo. E não me importo. Mas esse seu feitiço de amarração... funcionou?

Pensei em Petra... em Willem ganhando aquela viagem a Nova York e ela tirando dez em gliconutrição.

— F... funcionou — hesitei. — Na verdade parece ter dado certo. Até agora.

— Na hora você não teve medo do seu poder, não é?

— Não. Eu estava com raiva.

— Está vendo? A raiva pode ser saudável. Quando chegar a hora, e ela vai chegar, lembre-se disso. E do que eu disse. Abrace seus poderes, ame-se da maneira que a Natureza lhe fez, e você vencerá. Sempre.

Eu *queria* acreditar nela. Mas como poderia abraçar uma coisa que, durante toda a vida, vinha simplesmente estragando tudo para mim? Impossível.

Mesmo assim, para ser educada, sorri.

— Ah — falei. — O negócio é que não estou preocupada comigo. Estou mais preocupada com... com um amigo. — Não queria admitir em voz alta que tinha medo de Tory fazer alguma coisa para prejudicar o Zach. Não de propósito, claro, mas não conseguia afastar a imagem daquele boneco com o alfinete na cabeça. Sabia, bem demais, como um feitiço podia se virar contra o feiticeiro e acabar prejudicando a única pessoa que ele jamais pretendia ferir. — Fico preocupada com a hipótese de essa... pessoa... que está fazendo o feitiço com os cogumelos, tentar fazer alguma coisa com ele. Esperava que você tivesse aqui alguma coisa que pudesse protegê-lo... sem que ele percebesse, se possível.

— Ele não acredita? — perguntou a mulher, com um sorriso torto.

— Ah... não exatamente.

Os olhos azuis da mulher se franziram.

— Sei. Bem, na verdade...

E então a mulher — que, como percebi naquele momento, era realmente uma bruxa sincera e praticante, mesmo que não estivesse usando sequer um fio de linha preta, só uma camiseta Wonder Bread e jeans — desceu do banco e saiu de trás do balcão.

— Um pouco de casca de limão em pó — ela foi até a parede mais distante da loja, que era forrada de prateleiras onde havia aquele tipo de vidros com tampa de metal que deve ser erguida para que se possa pegar o que estiver dentro, como numa antiquada loja de doces. — Isso é para limpeza. — Em seguida, ela levantou uma tampa e pegou com uma colher um pouco de pó amarelo e pôs num saquinho de pano. — Depois, um pouco de gengibre, para dar energia. — Acrescentou no saquinho algumas lascas de uma raiz. — Cravo, para proteção, claro... — Alguns pauzinhos foram para dentro do saco. — E não vamos esquecer um pouco de alecrim. — Ela se virou e piscou na minha direção. — Para o amor, por mais impossível que possa parecer no momento. Pronto. — Ela torceu a boca do saquinho e depois amarrou-o com um pedaço de fita amarela. — Com sorte, qualquer feitiço feito contra essa pessoa — ela me entregou o saquinho — vai ricochetear sem causar dano algum e bater de volta em quem o lançou, enquanto ele carregar isso.

Com sorte. Engoli em seco e peguei o saquinho.

— Tipo aquele ditado popular? "Deus te dê em dobro tudo que me desejares"?

A mulher riu de novo, os olhos azuis se franzindo nos cantos.

— Exatamente assim.

Abri minha mochila e coloquei o sachê perfumado lá dentro, imaginando como, afinal, eu iria colocá-lo no Zach sem que ele soubesse... especialmente considerando o fato de que ele não parecia estar falando comigo no momento.

— Bem, muito obrigada.

Mas não conseguia ver como um punhado de ervas secas protegeria alguém da fúria de Tory.

Por outro lado, uma vez eu havia deixado de ver como um outro feitiço iria funcionar, e olha onde ele me deixou.

— Quanto devo?

A feiticeira riu.

— Nada! É meu prazer ajudar. Por sinal, meu nome é Lisa.

— Jean — respondi estendendo a mão para apertar a da bruxa. — Mas você vai acabar indo à falência se ficar me dando coisas. Já me deu isso. — Toquei o pentagrama no pescoço. — Lembra?

Lisa sorriu.

— Lembro. Use-o e tenha saúde. Volte em alguns dias e conte como estão as coisas.

Pus a mochila no ombro:

— Está certo. Obrigada.

— E não esqueça — disse Lisa, enquanto eu estava saindo. — Abrace seu dom, Jean. Nunca tenha medo dele. Ele é parte de quem você é.

Confirmei com a cabeça e saí da loja depois de agradecer mais uma vez. Havia uma parte minha, claro, que achava aquilo tudo uma idiotice. Abraçar meu dom? Sem dúvida ela não podia estar falando do dom que a tata-tata-e-assim-por-diante-tataravó Branwen havia deixado para mim... ou para nós, se Tory fosse incluída. O dom sobre o qual Tory havia dito, em tom de zombaria, que ela não tinha medo de usar, ainda que talvez eu tivesse. O dom da magia. Como essa mulher poderia saber sobre Branwen, quanto mais sobre seu dom?

Será que eu tinha algum tipo de poder — verdadeiro — como a mulher parecia achar?

E será que eu estava realmente provocando minha má-sorte ao temer e não abraçá-lo?

Só havia um modo de descobrir.

CAPÍTULO
16

Posso ter azar crônico — possivelmente provocado apenas por minhas próprias inseguranças —, mas não sou idiota. Não contaria aos pais de Tory onde ela havia conseguido a droga. Já estava sendo difícil me encaixar na escola — considerando o rato sem cabeça que apareceu na porta do meu armário e os boatos sobre o assédio na minha cidade — sem que me rotulassem de dedo-duro.

De modo que o fato de Shawn ser expulso não teve nada a ver comigo.

Quando, durante o terceiro período da manhã de segunda-feira, correu a notícia de que os administradores da escola estavam revistando os armários das pessoas, nem pensei nisso.

Mas desconfiei quando, durante o quarto período (História dos EUA, que por acaso eu fazia junto com Tory e Shawn, mas Tory não estava na escola na segunda, porque tinha consultas com o terapeuta e com o médico), o diretor apareceu na porta da sala e falou com a Sra. Tyler:

— Posso falar com Shawn Kettering, por favor?

Até eu soube que não era bom sinal.

Então, no almoço, correu a notícia de que ele havia ido embora. Expulso. Havia dançado.

— Bem, eu, por mim, estou satisfeita. — Chanelle foi filosófica com relação à coisa toda enquanto lambia a embalagem de seu Devil Dog. — Tipo, agora o Robert vai ter muito mais dificuldade para conseguir. Você sabe. Bagulho. Claro, ele poderia ir à Washington Square, comprar. Mas metade daqueles traficantes são policiais disfarçados. Ele não vai se arriscar. Se for apanhado, os pais matam ele. Agora talvez ele até fique careta no baile. Vai ser uma mudança.

— Vou ter que ir ao baile careta? — Robert pareceu meio nauseado. — Cara, isso não está certo.

— Ah, cai na real — disse Chanelle. — Vai ser bom você ver como é a vida das pessoas normais.

— Como a vida das pessoas normais é um saco — retrucou Robert.

Eu estava rindo da consternação dele quando uma voz familiar e grave, muito perto do meu ouvido, disse:

— Pode rir, DEDO-DURO.

Quase engasguei com o nugget. Virei-me no banco e vi Gretchen e Lindsey me encarando, de cara feia.

— Está feliz agora, dedo-duro? — quis saber Gretchen.

— Como se não bastasse roubar Zach debaixo do nariz de Torrance? Tinha de fazer o namorado dela ser expulso da escola, também?

Olhei as duas garotas.

— Eu não roubei o Zach de ninguém — respondi quando finalmente encontrei a voz. — Ele e eu não estamos namorando. E não sei do que você está falando, sobre o Shawn. Não fui eu que contei.

— Ah, até parece — Lindsey fez uma careta. — Filha de pastora? Claro que foi você.

— Não *fui*.

— Pode dizer o que quiser, *dedo-duro* — rosnou Gretchen. Em seguida ela e Lindsey pegaram as bandejas e foram para o canto mais distante do refeitório.

Quando me virei de volta para a mesa, perturbada, Chanelle estava com uma expressão simpática.

— Ah, Jean. Não deixe essas bruxas pegarem no seu pé. Sabemos que não foi você. E, mesmo que fosse, quem poderia culpá-la, depois do que aconteceu com Torrance?

Porque, claro, a notícia da tentativa de suicídio de Tory havia se espalhado pela escola como fogo na mata, ainda que eu não tivesse dito uma palavra a respeito.

— Não *fui* eu — insisti, com ferocidade.

— Não se preocupe. — Robert parecia entediado. — Ninguém ouve aquelas duas mocreias, mesmo.

Mas ele estava errado. Ou isso ou Gretchen e Lindsey não eram as únicas que estavam dizendo que eu havia dedurado o Shawn. Em todo lugar aonde eu ia, as pessoas começavam a cochichar, e só paravam quando eu olhava na direção delas. Quando chegou o horário de educação física, no quinto período, eu já havia suportado tudo que podia.

Só havia uma única outra pessoa na Chapman cuja reação ao lance com o Shawn me importava. E ele vinha me evitando como a peste desde a noite de sábado. Eu não havia chegado suficientemente perto do Zach para trocar uma única palavra com ele, quanto mais enfiar o sachê de Lisa em sua mochila.

Não que eu o culpasse. Contando os meus problemas com Tory e depois o negócio de ser bruxa — e agora isso —, eu devia parecer o grande ímã de azar que eu sabia que, de fato, era.

O professor Winthrop tinha mandado a gente jogar *softball* de novo. Não foi milagre eu e Zach pararmos no mesmo time. O professor Winthrop, num raro momento de bom humor, aparentemente decidiu que seria hilário nomear uma nerd musical — e supostamente dedo-duro, se bem que tenho quase certeza de que ele ainda não sabia disso — como capitã de time. Zach, claro, foi a primeira pessoa que escolhi. Ei, esse podia ser o único modo de conseguir fazer com que ele falasse comigo.

Mas eu estava errada. Mais uma vez. Ele falou comigo por livre e espontânea vontade enquanto esperávamos nossa vez de rebater.

— E então, prima Jean de Iowa. Você não estava mentindo quando disse que tinha azar crônico. Sério, você tem a pior sorte que eu já vi. Agora ouvi dizer que é dedo-duro.

Precisei me esforçar — de verdade — para não abrir o berreiro ali mesmo, atrás da cerca de aramado, mesmo que todos soubéssemos que choro não fazia parte das regras do beisebol. Nem do *softball*.

— Não fui eu — respondi um pouco alto demais. Todo mundo no nosso time olhou para mim.

O sorriso de Zach foi gentil.

— Relaxa, Jean. Sei que não foi você. Mas é interessante que o boato seja esse, não é?

— Faz sentido — dei de ombros. — Quero dizer, ela é minha prima. Eu sou nova aqui. Sou...

— ... filha de pastora. É, eu sei. Ouvi tudo isso, também. Então. O que vai fazer?

Dei de ombros outra vez.

— O que eu *posso* fazer?

— Ir ao baile comigo.

Lancei-lhe um olhar fulminante.

— Pirou de vez? Isso só vai piorar tudo. Gretchen e Lindsey já estão dizendo por aí...

— Exatamente. Gretchen e Lindsey só estão pondo lenha na fogueira. E por que você acha que elas estão fazendo isso?

Porque não quero me unir à Tory e ajudá-las a formar o *coven* de bruxas mais poderoso da costa leste. Só que eu não podia dizer isso. Por isso, falei:

— Porque me odeiam.

— Certo. Mas por que odeiam você? Porque Tory mandou.

Balancei a cabeça, confusa.

— Está dizendo que Tory disse a elas que fui eu que fiz Shawn ser expulso?

— Isso parece alguma coisa fora do comum, dado o que você sabe sobre sua prima?

Pensei nisso. Pensei mesmo. Só não conseguia ver Tory fazendo uma coisa *tão* sorrateira. Fingir uma tentativa de suicídio, sendo tão dramática, sim. Mas espalhar um boato a meu respeito, que ela sabia que não era verdadeiro?

Por outro lado, ela andava usando *muito* o MSN ultimamente...

Mesmo assim.

— Não sei, Zach. Acho que nem mesmo Tory se rebaixaria tanto.

— Ótimo. Mas no caso de você mudar de ideia... o convite está de pé.

— O convite... para o *baile*? — Lamento dizer que no fim da frase a minha voz subiu até se transformar num berro.

— É — Zach pareceu achar aquilo divertido, acho que por causa do lance do berro. — O próprio.

— Mas... — A verdade é que, mesmo tendo dito aquelas mesmas palavras duas noites antes, dizer que eu não iria ao baile com ele era algo que continuava doendo... doía mais ainda do que a oferta que fiz aos pais de Tory, de voltar para Hancock.

Mas eu sabia que não deveria cobrar um convite que ele poderia se arrepender de ter feito. Quero dizer, não seria justo. Ninguém, nem mesmo um cara fantástico como o Zach, quer se ligar a alguém com fama de dedo-duro.

— Sério, Zach. Está tudo bem. Você pode levar outra garota. Não vou me importar.

Isso me mataria. Mas eu não deixaria que ele soubesse.

Mas, para minha surpresa, em vez de discutir mais, ele disse:

— Olha, você está estudando História dos EUA. A Sra. Tyler já entrou nos diferentes estilos de governo?

— Já — imaginei o que, afinal, isso teria a ver com o baile.

— Ela chegou ao governo estilo *laissez-faire*... que deixa as coisas seguirem seu próprio rumo?

— A abstenção, por parte do governo, de intervir no livre mercado — disse eu.

— Certo. Acho que você pode dizer que eu sempre tive uma abordagem meio *laissez-faire* com relação a Tory. Enquanto ela não pegasse no meu pé, eu não pegava no pé dela, entende? Durante um tempo, suspeitei que ela fosse a fim de mim, mas...

— Mas você gostava de Petra — terminei por ele. — E enquanto continuasse amigo de Tory, tinha uma desculpa para ir vê-la. Quero dizer, ver Petra.

Ele pareceu sem graça.

— Bom. É. Basicamente. Pelo menos por um tempo. Mas o negócio é o seguinte: não planejo continuar com a abordagem *laissez-faire* com relação a Tory... nem com mais ninguém. Acho que está na hora de tomar partido.

— Mas Zach, se você e eu formos ao baile — falei, cautelosa —, e Tory ficar furiosa e depois eu — engoli em seco — voltar para Hancock, você não terá mais desculpa para ver Petra. Tory não vai perdoá-lo, e você sabe disso.

— Sei. É isso que estou tentando dizer. Estou preparado para esse sacrifício.

Olhei-o, curiosa.

— Mas por quê? Por que faria isso? Você deixou de amar a Petra?

Zach estava com a expressão mais estranha do mundo no rosto. Parecia a meio caminho entre a frustração e a diversão. Abriu a boca para dizer alguma coisa, mas foi interrompido pelo professor Winthrop, que berrou:

— Rosen! Sua vez!

Dando um sorriso de desculpas, Zach foi pegar um taco.

Recostei-me no banco, imaginando o que ele iria dizer. Será que os sentimentos de Zach por Petra haviam mudado? Será que o fato de vê-la tão empolgada com a visita iminente de Willem por fim o fez perceber que nunca teria chance com ela?

O que estava acontecendo?

Mas não consegui descobrir, porque mais tarde, no jogo, alguém fez uma rebatida que colidiu com minha cabeça (típico) e precisei ficar sentada na lateral até que o professor Winthrop finalmente se convenceu de que eu não tive uma concussão e me deixou voltar ao vestiário para me trocar.

Mas se os sentimentos de Zach por Petra eram passado, não eram os únicos, descobri quando cheguei em casa naquele dia. Parece que o mesmo havia acontecido com os sentimentos de Tory por mim. Pelo menos seus sentimentos de animosidade contra a minha pessoa.

Ou pelo menos era o que ela dizia.

Eu estava estudando música no quarto quando ouvi a batida na porta.

— Entre — falei, baixando o violino. Sabia que tinha de ser alguma coisa importante. Eu havia enfiado na cabeça de Teddy e Alice que não deveria ser perturbada durante minha hora de estudo a cada tarde, não importando o que tivesse acontecido no *Bob Esponja*.

Eu deveria saber que não poderia ter sido nenhum dos dois Gardiner mais novos, que realmente eram bons em não me atrapalhar quando ouviam Stravinsky saindo do meu quarto. Em vez disso, era Tory.

— Ei — disse minha prima, depois de fechar a porta e se encostar nela. — Tem um minuto?

Encarei-a. Havia alguma coisa.. diferente nela. Diferente mesmo. A princípio não pude identificar direito.

Então percebi. Ela não vestia preto. Estava com jeans, jeans comuns, não dos que ela usava algumas vezes, todos enfeitados com *ankhs* e pentagramas desenhados com marcador de tecido preto.

E também não estava usando uma tonelada de maquiagem. Sendo uma garota de aparência incrível, Tory nunca havia precisado de todo o delineador e o rímel que ela costumava colocar, de qualquer modo. Sem aquilo, parecia igualmente linda... só que de um modo diferente, mais vulnerável.

Havia outra coisa diferente, também. Demorei mais um minuto para me dar conta do que era, mas então percebi. Ela não estava me olhando com raiva. Na verdade, parecia... bem, como se estivesse feliz em me ver.

— Só queria pedir desculpas — disse ela — pelo modo como tenho tratado você desde que chegou aqui.

Quase larguei o violino, de tão atônita.

— Sei que ultimamente tenho sido uma verdadeira

psicótica — continuou Tory. — Não sei o que anda acontecendo comigo. Acho que simplesmente foi demais: a escola, a pressão para ser popular, o negócio com o Zach e... e o lance de ser bruxa. E acabei pegando pesado com você. O que não é justo. Agora consigo perceber isso. Meu terapeuta, você sabe, aquele com quem me consulto, está realmente me ajudando com isso. Assim, eu queria dizer que sinto muito pelo modo como tenho agido, e agradecer pelo que você fez naquela noite, com os remédios e coisa e tal. Sei que você só fez aquilo porque estava preocupada comigo. Tenho sorte de ter tanta gente tão preocupada comigo. Isso foi um verdadeiro alerta para mim. De modo que... obrigada, Jinx. E... se não for problema para você... gostaria que me desse outra chance.

Não consegui parar de encará-la. Tinha ouvido falar de milagres realizados por terapias, mas nunca esperei nada como aquilo.

— Eu... — O que eu poderia dizer? Estava empolgada por ter a antiga Tory, a de cinco anos atrás, de volta. Se fosse realmente verdade. — Ah, Tory. Está falando sério?

— Claro que estou — Tory abriu um sorriso. Até o cabelo dela parecia diferente. Estava preso no alto, fora dos olhos, de modo que ela quase parecia... bem... comportada. E feliz, para variar. — E não quero mais brincar de ser bruxa. Essa coisa toda sobre vovó e Branwen... era só idiotice. Assim como o negócio com o Zach e o boneco... — Ela estremeceu. — Meu Deus! Não acredito que cheguei a fazer aquilo. É tão vergonhoso! Coloquei aquele boneco idiota no lixo e esqueci dele, como você mandou. Quero realmente que a gente seja amiga de novo, Jinx. Você acha que pode?

— Claro que a gente pode — respondi. Porém havia alguma coisa me incomodando... e não era só o minúsculo nó que começava a se formar no meu estômago. — Mas e o... Shawn?

— Shawn? — Tory ficou confusa. Depois riu. — Ah, Shawn! Eu sei, dá para acreditar? Não acredito que alguém o entregou desse jeito. Mas ele vai ficar bem. Ouvi falar que o pai dele já mexeu uns pauzinhos para colocá-lo na Spencer. Se bem que o doutor Kettering teve de trancar todos os blocos de receita.

Encarei-a.

— Suas amigas, Gretchen e Lindsey, parecem achar que fui eu que fiz isso. A *escola* toda parece achar que fui eu.

— É? — Tory balançou a cabeça. — Mas que idiotice! Claro que não foi você. Não acredito. Meu Deus, você tem realmente um tremendo azar, Jean. Sempre teve. Essa é uma das coisas que mais adoro em você, acho. Você é simplesmente tão... previsível!

Encarei-a. Ela parecia realmente estar falando sério. Parecia ser... bem, a antiga Tory. Parecia mesmo.

A próxima coisa que percebi foi que eu estava indo abraçá-la — depois notei que ainda segurava o arco e o violino. Rindo, pousei-os e segui para abraçá-la.

Não podia acreditar! Enquanto ela me abraçava, tive de piscar para afastar as lágrimas dos olhos. Não parecia possível, mas estava mesmo acontecendo. Eu tinha a antiga Tory de volta!

— Ah, Jean — disse ela quando finalmente nos soltamos. — Fico tão feliz porque você me perdoa! Em especial porque fui tão horrível com você.

— Tory. — Balancei a cabeça. — Sempre vou perdoar você. Primas são para isso, não é? Mas... — Havia sido necessária uma ida ao hospital, para dar um jeito nela, mas Tory parecia genuinamente com remorsos. Mesmo assim. — Você tem mesmo certeza... quero dizer...

— Ah, Jean, não precisa mais se preocupar comigo — ela riu. — Estou legal, verdade. Só espero que você não... você sabe. Não se sinta sem jeito. Não com relação ao negócio de ser bruxa, mas com relação ao Zach. Eu realmente superei. Verdade. Juro. Não me importo nem um pouco que vocês estejam namorando. Na verdade acho que vocês formam um casal lindo. Serão um casal fantástico no baile.

— Obrigada — agradeci, desconfortável. — Mas, como vivo dizendo... nós não estamos namorando. Certamente não vamos ao baile juntos.

— Por quê? Ele não convidou? — Os olhos de Tory estavam cheios de preocupação. — É estranho. Quero dizer, vocês dois ficaram tão unidos... mesmo que sejam só amigos, achei que ele iria convidar você para o baile...

— Bem — fiquei sem jeito. — Ele convidou. Mas eu recusei. Porque não parece...

— Ah, Jean! — exclamou Tory, vindo até mim e apertando meu braço. — Vocês dois *têm* de ir juntos! Têm! Não vai ser a mesma coisa, se você não estiver lá.

— Se eu não... — Minha voz ficou no ar. — *Você* ainda vai? Mas eu pensei...

— Claro que vou! Não com o Shawn, claro. Ele não pode ir a nenhum evento da escola. Mas pensei em ir, você sabe, sozinha. Um monte de garotas vai. Não vou parecer a maior esquisita de lá por causa disso, nem de longe. E quem sabe? Talvez eu encontre alguém... alguém um pouquinho mais interessado em ser só amigo, em vez de amigo com benefícios. — Ela piscou para mim. — Se é que você entende.

— Grande ideia — respondi, pensando que era exatamente disso que Tory precisava: um recomeço, especialmente no departamento do namoro. — Espere, já sei. Por que não vamos juntas? Você e eu... podemos procurar uns caras novos, nós duas...

— Ah, não. E deixar o coitado do Zach de fora? Não é justo. Você *precisa* ir com o Zach, Jean. Precisa ir. Se não for... bem, vou achar que foi por minha causa.

— Bem... — hesitei.

Tory bateu na boca.

— Ah, não! É por minha causa, não é? Ah, Jean, estou me sentindo péssima. Péssima! Não quero que meus problemas idiotas afetem outras pessoas. Jean, você *precisa* ir com ele. Precisa ir.

— Mas eu já disse que não iria — expliquei meio impotente.

— E se você ligasse para ele e dissesse que mudou de ideia? Tenho certeza que ele ainda vai querer ir.

— Bem... Não sei. Talvez. Mas...

— Ah, liga para ele. — Tory pegou o telefone sem fio que estava na minha mesinha de cabeceira. — Liga agora mesmo e diz que mudou de ideia.

— Não é tão fácil, Tory — pensei na expressão de Zach na última vez em que eu o tinha visto, quando perguntei se ele ainda estava apaixonado por Petra. Ele havia parecido tão *estranho*... Se não estava mais apaixonado por Petra, que incentivo teria para ficar perto de mim?

Nenhum, claro.

— Você nunca vai ter certeza, se não tentar — Tory estendeu o telefone para mim.

Olhei para o aparelho. Ela estava certa, claro. E que mal faria perguntar?

Dando de ombros, peguei o telefone e digitei o número do Zach.

Ele atendeu ao segundo toque.

— Zach? — falei. — Sou eu, Jean.

Não percebi que estava prendendo o fôlego até que ele disse:

— Ah, ei — numa voz que indicava que estava até feliz em falar comigo. Então soltei o ar, num jorro.

— Como vão as coisas? — perguntou ele. — Como vai sua cabeça? Te procurei depois da aula, mas você tinha ido embora.

— É, agora estou legal — encolhi-me diante dessa lembrança de minha muito embaraçosa incapacidade atlética.

— Bom. E como vai sua prima? Ela...

— Tory está ótima — interrompi, rindo para Tory. Ela riu de volta, levantando os polegares para dar sorte. — Na verdade, é meio por isso que estou ligando... por causa do baile da primavera. O negócio é que... hoje Tory está se sentindo muito, muito melhor. E disse que realmente odiaria se a gente não fosse ao baile por causa dela.

— Ah, ela disse isso, foi?

— Disse. De verdade. Por isso eu estava imaginando se você ainda queria ir. — Percebi que estava com as palmas das mãos suadas e enxuguei-as nos jeans, transferindo o telefone de uma das mãos para a outra. — Quero dizer, comigo.

— Jean — disse Zach.

— O quê?

— Tory está aí no quarto com você, agora?

— Ahã — respondi, tendo o cuidado de não encarar Tory.

— Não acha que isso parece alguma armação?

— O quê? — fiquei espantada. — Não. Não, Zach, não é nada disso. Tory vai ao baile também... sozinha, é claro, por causa do que aconteceu com o Shawn. E disse que iria se sentir mal se a gente não fosse.

Pigarreei. Era esquisito demais. Porque, se o que acho que Zach estava tentando me dizer sobre o baile fosse verdade, ele nem gostava mais de Petra daquele jeito. Então por que iria querer ficar perto de mim?

— Não tem nenhum problema se você já arranjou alguém para levar — acrescentei depressa. — Eu só estava checando. Para o caso de não ter arranjado. Mas se vai com alguém, não tem problema, verdade...

— Não é isso. Só que você não acha que isso é algum tipo de...

— Jean — disse Tory. Olhei para ela. Tory estava estendendo a mão. — Deixe eu falar com ele.

Sem saber o que fazer, entreguei o telefone a Tory. Ela disse na voz mais animada que já havia usado na minha frente:

— Zach? Oi, sou eu, Torrance. Olha, Zach, sei que parece repentino, mas estou realmente agradecida pelo que Jean fez por mim. Só queria que minha prima soubesse como me arrependo e como andei tratando-a desde que chegou aqui, e... o quê? Ah, *claro*, Zach. Já fiz isso. E Jean parece mesmo a fim de me dar outra chance. Eu esperava que você também pudesse dar.

Houve um silêncio enquanto Tory ouvia o que Zach estava dizendo. Depois, o rosto dela se abriu num sorriso enorme.

— Ótimo — ela comentou. — Obrigada, Zach. Você não vai se arrepender. É. Está aqui.

Ela me devolveu o telefone, murmurando: *Ele disse que sim!*

Não dava para acreditar. Sorrindo, encostei o fone no ouvido.

— Zach?

— Ou ela pirou de vez ou está tentando aprontar alguma para cima de você — disse Zach. — Mas não sei como vamos provar qualquer uma das hipóteses. Então acho que devemos ir. Pelo menos, se estivermos juntos, vou poder ficar de olho nela. Além disso, quanto problema alguém pode causar num baile de escola?

— Verdade — lancei um olhar nervoso para Tory, preocupada com a hipótese de ela ter ouvido. Mas ela estava olhando para a partitura que eu estava tocando e não parecia prestar a mínima atenção. — Parece legal... Então... — Eu queria perguntar sobre o que ele havia dito no jogo, sobre Petra, mas descobri que não podia, com Tory ainda no quarto.

— Ela ainda está aí? — perguntou Zach.

— Sim.

— Olha, falo com você amanhã, na escola. Certo?

— Certo — concordei, aliviada. Aliviada porque não teria de tocar no nome de Petra, afinal de contas. Porque havia uma parte minha que realmente, realmente mesmo, não queria saber. — Tchau.

— Tchau — Zach desligou.

Coloquei o telefone na base.

— Bom — falei a Tory. — É isso aí.

— Ele disse que sim, mesmo? — perguntou ela, ansiosa.

— Disse mesmo.

— Uau! — Tory ficou pulando e batendo palmas, se parecendo tanto com o que era antigamente, a Tory com quem eu havia me divertido horrores há cinco anos, que ficou impossível achar que Zach poderia estar certo com relação a ela. Talvez ele só estivesse sendo um nova-iorquino blasé. Talvez Tory tivesse realmente aprendido uma lição e mudado.

Mas eu estava pensando no que ela havia dito antes, sobre ter posto o boneco do Zach no lixo. Seria verdade?

Não que eu — diferentemente do Zach — não acreditasse na transformação dela.

Mas não conseguia tirar da cabeça aquele olhar que ela havia me dado no sábado à noite, na escada. Era ótimo que ela tivesse tido essa mudança de atitude, que tivesse desistido do negócio de ser bruxa — o que, em seu caso, não havia sido algo que lhe dera força, como deveria ter sido, e fora mais perigoso do que qualquer outra coisa.

Mas e se *não fosse* verdade? Digo, e se tudo fosse fingimento?

Fiquei me sentindo PÉSSIMA só por pensar em uma coisa dessas. Quero dizer, era óbvio demais que Tory estava pronta para um recomeço. Até pediu para ficar sentada me ouvindo ensaiar. Deixei, claro — estava lisonjeada demais para dizer não.

E então, quando ela sugeriu que a gente descesse e fizesse sundaes com calda quente e assistisse a umas reprises de *The Real World*, bem, também não recusei.

Porém mais tarde, naquela noite, depois do jantar — a refeição mais agradável que eu havia tido na casa dos Gardiner, vendo como Tory conversava animada o tempo todo, em vez de fazer comentários carrancudos sobre tudo que as pessoas diziam — saí pela porta da frente, desci a escada e fui para a rua.

Onde comecei a revirar o lixo dos Gardiner.

Não demorei muito a encontrar. Estava numa sacola de compras *Eu* ♥ *Nova York*, sozinho. O boneco do Zach, feito por Tory. Ela HAVIA mesmo jogado fora.

Ela HAVIA mesmo mudado.

E, mesmo ela tendo dito que não queria mais brincar de bruxa, levei o boneco do Zach, dentro da sacola, de novo para dentro de casa. Não porque não confiasse nela — não era isso DE JEITO NENHUM. Só que... bem, quer Tory tivesse o dom da magia ou não, ainda era um boneco com o cabelo do Zach.

E de jeito nenhum eu iria deixá-lo mofar em algum aterro em Staten Island.

Levei o boneco para o meu quarto e tirei da sacola plástica.

Era realmente o boneco mais horrível que eu tinha visto. Mesmo assim, simbolizava o Zach. Quem poderia saber? Talvez eu o entregasse a ele algum dia (depois de fazer com que ele jurasse segredo com relação a onde eu o havia conseguido), só para rir um pouco.

Mas então, no momento em que ia cair no sono naquela noite, uma coisa me ocorreu. Era idiotice, eu sabia.

Mas mesmo assim isso me impeliu a levantar e tirar o boneco do esconderijo que eu havia arranjado.

E sei que provavelmente era a coisa mais idiota para se fazer no mundo. Mas também sabia que não voltaria a dormir se não fizesse isso: separei com cuidado todos os fios do cabelo de Tory, deixando só os de Zach na cabeça do boneco, e joguei os de Tory no vaso sanitário.

Depois, recoloquei o boneco no lugar e caí no sono mais profundo que já havia experimentado desde que tinha me mudado para Nova York.

Talvez a moça da Encantos estivesse certa.

Tudo realmente iria ficar bem.

CAPÍTULO
17

Willem — o Willem de Petra — chegou naquela quarta-feira, trazendo presentes — um acordeom minúsculo, que tocava de verdade, para Alice; uma autêntica bola de futebol alemã para Teddy; um perfume para Tory; erva-de-gato para Mouche; um bibelô de uma garota tocando violino para mim — e um ar geral de bom humor e *joie de vivre*.

Claro, ele era o maior gato. Eu não esperaria que Petra, que era tão linda, namorasse um bicho-papão, e definitivamente não namorava. Willem era ainda mais alto do que Zach, com cabelos louros, olhos azuis e um riso rápido e fácil. Entreouvi tia Evelyn dizer a mamãe, durante o telefonema semanal das duas:

— Meu Deus, até eu estou meio apaixonada por ele.

Petra, claro, estava nas nuvens por tê-lo ali.

— Ele está dormindo no sofá — foi o que a *au pair* contou a Teddy e Alice. E, de fato, havia até um travesseiro e um cobertor dobrados no sofá, no aconchegante apartamento do porão.

Mas, mesmo assim, toda manhã eu via o sinal revelador de marcas vermelhas no rosto dela, causadas pela barba roçando. Imaginei como eu daria ao Zach a notícia de que a visita de Willem parecia estar indo muitíssimo bem — se é que ele ao menos continuava se importando. Nunca parecia surgir um bom momento, desde aquela tarde no campo de beisebol, para puxar o assunto que havíamos conversado ali — a nova política não-*laissez-faire* com relação a Tory e qual seria o impacto disso no relacionamento dele com Petra...

... em especial porque agora Tory parecia estar numa boa com relação a nós dois sermos amigos, e Zach passava na casa dos Gardiner com a mesma frequência de antes, para jogar bola com Teddy ou ficar na cozinha comigo. Isso me deu oportunidade suficiente para enfiar o sachê de Lisa na mochila dele. Não que eu não acreditasse na afirmação de que Tory havia desistido de ser bruxa. Mas, mesmo assim, tinha de me preocupar com Gretchen e Lindsey. As duas viviam me lançando olhares malignos todo dia no refeitório... especialmente agora que Tory também havia pedido desculpa a Chanelle, tinha sido perdoada e estava novamente almoçando com a gente, ignorando as duas.

Eu sabia que deveria ter sido direta e perguntado ao Zach: "Você ainda está apaixonado pela Petra?" Mas toda vez que eu pensava em fazer isso, o nó no estômago (que, desde a transformação de Tory, vinha aparecendo cada vez menos) retornava com força total.

Por isso mantive a boca fechada com relação ao assunto. E Zach, é claro, nunca o puxou. Ainda que isso talvez fosse porque ele estava por perto o bastante para ver por si mesmo como Petra e Willem eram felizes juntos...

Não que eu tivesse muito tempo para me preocupar com a vida amorosa de Petra. Faltando alguns dias para o baile, todas nós, garotas, estávamos pirando totalmente com o que iríamos usar.

— Você tem de usar preto — afirmou Chanelle.

— Todo mundo usa preto — concordou Tory. — É tipo uma tradição.

— Acho que minha mãe não me deixaria usar alguma coisa preta — falei, preocupada. Meus pais, tendo ouvido falar do baile — mas nada sobre a tentativa de suicídio de Tory (como disse tia Evelyn: "Deus não permita que Charlotte fique sabendo disso. Ela vai levar você de volta para casa num segundo. Talvez fosse melhor... é... protegê-la da verdade.") —, tinham mandado cinquenta dólares para comprar um vestido. Eu queria que o dinheiro se esticasse ao máximo possível. Por isso estava planejando ir à H&M na Quinta Avenida.

Mas Tory, que havia parado de zombar de mim por causa da relativa pobreza da minha família, ficou consternada com a ideia.

— Você não pode usar um vestido da H&M no baile — ela estava chocada. — Todo mundo vai saber que você só gastou cinquenta pratas nele.

— Mas essa quantidade de dinheiro não vai dar para grande coisa numa loja comum — falei, porque já havia examinado os vestidos na Bloomingdale's e na Macy's.

— Deixe comigo — disse Tory.

E naquele dia ela chegou do terapeuta com uma bolsa da Betsey Johnson.

— Ela tem uma loja perto do consultório do Dr. Lipman — explicou Tory, empolgada, enquanto pegava um vestido comprido e colante. — Vi esse na vitrine e soube que ficaria perfeito em você. Não se preocupe, estava na liquidação. Custou mais de cinquenta dólares, mas, considere que... tipo, é meu presente oficial de agradecimento por tudo que fez por mim.

Olhei o vestido. Era lindo. Mas...

— É preto — falei.

— Sei que é preto — senti uma leve sugestão da antiga aspereza na voz de Tory. — Mas olha só. É perfeito para você. Com sua pele branca e esse cabelo ruivo...

— Mas... é preto. — Olhei para ela. — Minha mãe vai me matar. Ela diz que eu sou nova demais para usar preto. E você sabe que tia Evelyn vai mandar fotos para ela, por e-mail...

— Mande sua mãe entrar no século XXI — Tory gargalhou. — Isso aqui é Manhattan, não Hancock. Ninguém usa cor-de-rosa nos bailes aqui.

Segurei o vestido. Não que eu não QUISESSE usá-lo. Decotado, com alças fininhas, não passava de dois pedaços de tecido preto colante, costurados na lateral. Penduradas na bainha havia dezenas de contas pretas e brilhantes que tilintavam sempre que se moviam.

Era estupendo.

E também não era nem um pouco a minha cara.

— Vista — disse Tory.

Eu sabia que, se vestisse, nunca mais poderia deixar de usá-lo.

— Não — retruquei. — Realmente não devo. Use VOCÊ no baile, Tory. Você ficaria fantástica nele.

— Já tenho um vestido no qual fico fantástica. Só experimente. Experimentar não vai fazer mal.

Abrace aquilo que você teme.

Ela estava certa. Experimentar não faria mal.

E experimentei.

E, como eu suspeitava, soube que tinha de ficar com ele. Coube perfeitamente, como uma luva, mostrando meus braços e a maior parte das costas, e muito mais do peito do que eu já havia mostrado antes fora de uma piscina.

Mas fazia com que eu parecesse... fazia com que eu parecesse...

— Alguém que NÃO é a filha de uma pastora — Tory completou meus pensamentos. — Quando Zach vir você nisso aí, não vai mais ser "só amigo".

E com isso eu soube que ia ficar com ele. Não que tenha dito a Tory alguma coisa para fazê-la achar que eu estava concordando. Porque não concordava. Zach nunca pensaria em mim como mais do que um amigo...

Mas não faria mal parecer um pouco mais sensual, para variar. Mamãe teria de encarar isso. Ou talvez eu pudesse convencer tia Evelyn a dizer a ela que a máquina fotográfica quebrou...

Na manhã do baile, a mãe de Tory nos surpreendeu — Tory, Chanelle e eu — com uma ida ao seu spa predileto no Soho, com todas as despesas pagas. Manicure, pedicure, cabelo e maquiagem feitos por profissionais. Tia Evelyn disse que fez isso porque "Vocês, garotas, estão se dando muito bem. E, Tory, você fez muito progresso esta semana".

Havia lágrimas nos olhos de tia Evelyn quando disse isso, à mesa do café da manhã. Foi tão fofo que eu quase fiquei com lágrimas nos olhos... só que não pelo mesmo motivo de tia Evelyn.

A verdade era que, pela primeira vez na vida, as coisas estavam indo bem de verdade. Não sei se Lisa havia feito alguma coisa para mudar a minha sorte, ou se, por algum milagre, eu mesma tinha feito. Só sabia que não só estava me dando bem com Tory como também tinha uma boa amiga (Chanelle, que concordou gentilmente em deixar Tory retornar ao seu círculo social, desde que ela continuasse se abstendo de falar de coleta de cogumelos tirados de lápides, à hora do almoço) e além disso, se não um namorado, pelo menos um amigo.

Na verdade foi Zach que me mostrou o panfleto que havia encontrado no escritório da administração da escola, anunciando uma bolsa — integral — para o ano seguinte, para qualquer aluno com nota suficientemente alta que pudesse comprovar necessidades financeiras.

O chamariz? O aluno também teria de mostrar que sabia tocar algum instrumento. Era preciso fazer um teste e coisa e tal.

— É perfeito para você — incentivou Zach. — Está no papo.

Eu não sabia. Mas sabia o quanto havia passado a gostar de Nova York. Não tanto da escola Chapman, que eu ainda achava que era cheia de esnobes metidos a besta — e um bom número deles ainda me culpava pela expulsão de Shawn... não que isso me incomodasse muito. Eu sabia a verdade e, mais importante, as pessoas com quem eu me importava sabiam.

Mas eu adorava morar com os Gardiner — agora que Tory finalmente estava sendo tão legal comigo — e adorava, adorava, adorava a cidade. Adorava as ruas movimentadas, as vitrines lindíssimas, os prédios altos, o Metropolitan, o Carnegie Hall, o *gyoza* do Sushi by Gari, os *bagels* da H&H e o salmão defumado da Citarella. Até havia superado o medo do metrô, e (quase) podia pegar a linha seis sem a menor sugestão de nó no estômago.

Eu ainda era uma negação para pegar qualquer outra linha. Mas sabia usar a seis direitinho.

E, tudo bem, sentia falta de Stacy e da minha família.

Mas de Hancock? Não sentia falta nenhuma.

Em especial de alguns aspectos da cidade.

E, se conseguisse a bolsa, não teria de voltar. Sabia que tia Evelyn e tio Ted me deixariam ficar com eles. Claro, meus pais ficariam tristes (mas Courtney não — era menos uma pessoa para usar o banheiro no lugar dela).

Mas até minha mãe e meu pai entenderiam que a formatura da escola Chapman ficaria melhor na minha inscrição para a academia Juilliard do que a da escola Hancock — e porque eu não tentaria entrar para a Juilliard, do jeito que minha sorte estava começando a mudar? Havia muitas vantagens em ficar na cidade e não voltar a Hancock...

e eu nem estava contando o fato de que Zach também estaria na Chapman — pelo menos por mais um ano.

Às seis e cinquenta e nove da noite do baile — depois de passar o dia sendo paparicada e arrumada (se bem que o cabeleireiro, Jack, havia dado uma olhada no meu cabelo e dito: "Na-na-ni-na-não. Não vamos fazer nada nele. Talvez levantar um pouquinho na frente com um prendedor — ah, sim, está ótimo — mas ninguém vai chegar com uma chapinha perto dessa garota. Ouviram, pessoal?") — eu estava prendendo a tira bordada com pedrinhas da minha sandália de salto alto quando a campainha tocou.

Então ouvi Teddy, sempre o primeiro a chegar à porta, gritando:

— Zach!

— Ele chegou, ele chegou — Alice entrou correndo no meu quarto para anunciar.

Mas parou derrapando junto à porta e me olhou boquiaberta.

— Ah, minha nossa! Jean, você está igual a uma princesa!

— Verdade? — puxei nervosa o vestido, olhando o reflexo no espelho de corpo inteiro na porta do meu banheiro. De repente, tudo aquilo parecia demais: o vestido era muito apertado, o decote muito baixo, a maquiagem muito pesada, os saltos altos demais, o pentagrama no pulso... é, eu ainda estava usando-o para dar sorte, porque, se algum dia precisava de sorte, era AQUELE. Mas achei que usá-lo no pulso seria um pouquinho mais discreto, já que normalmente ficava escondido por baixo da gola do uniforme... em especial porque o decote daquele vestido era *tão* imenso que tornaria o pentagrama evidente demais se eu o usasse pendurado no pescoço.

— Ah, Jean — Petra se juntou a Alice, à porta. — Ela está certa. Você ficou linda.

— O vestido não é apertado demais? — perguntei, ansiosa.

— De jeito nenhum — respondeu Petra. — Ah, espero que a Sra. Gardiner encontre a máquina fotográfica!

Fiz uma oração silenciosa para tia Evelyn *não* encontrar... especialmente porque eu havia escondido a câmera na secadora de roupas.

— Bem, vamos lá — eu disse.

Saí do quarto e desci a escada para o *hall*.

Zach estava ali, impossivelmente lindo com seu smoking, batendo papo com o tio Ted. Uma das mãos estava no bolso da calça e a outra segurava uma caixa de plástico transparente com uma flor dentro. Olhou escada acima quando ouviu Alice, que se esgueirava atrás de mim, soltar um risinho.

E todo o meu nervosismo com relação à minha aparência desapareceu. Porque, o que quer que Zach estivesse dizendo ao meu tio, ele pareceu não se lembrar mais quando sua voz ficou no ar e o olhar, aparentemente travado em mim, me acompanhou enquanto eu descia a escada. Quando finalmente cheguei, Zach continuou sem se mexer. Pelo menos até que Teddy, ainda pendurado na maçaneta da porta, gritou:

— Uau, Jean! Você está fantástica!
Então Zach pareceu acordar.
— É. É, você está mesmo... mesmo...
Fiquei ali parada, o estômago subitamente cheio de nós — o que ele ia dizer? É claro que eu não estava lindíssima nem nada. Não é o tipo de coisa que amigos dizem uns aos outros...
— Você está linda! — Foi tia Evelyn que terminou a frase para ele, estendendo os braços para me abraçar. E Zach (não pude deixar de perceber) não se apressou nem um pouco para corrigi-la. — Ah, Jean, eu queria saber onde deixei a máquina fotográfica. Sua mãe vai me matar!
— Tudo bem, tia Evelyn — virei os olhos para Zach por cima dos ombros de tia Evelyn enquanto ela me abraçava. Finalmente ele conseguiu rir para mim. — Tenho certeza de que ela vai superar isso.
— Mas *eu* não vou. — Ela me soltou, em seguida olhou para Zach e para mim com lágrimas nos olhos. — Ah, vocês dois estão tão... tão...
— Mamãe — disse Tory, em voz calorosa, do patamar da escada. — Não comece a chorar. Aí eu vou começar a chorar, e você vai estragar minha maquiagem.
Todos olhamos para cima enquanto Tory, uma visão em branco (*mas ela não havia dito que todo mundo usava preto no baile formal da primavera?*), descia a escada. O vestido, pelos padrões de Tory, era quase modesto, uma espuma de tule branco-neve com corpete de cetim que ela havia acompanhado com luvas até acima dos cotovelos. Se alguém pare-

cia uma princesa, era Tory. Na verdade, em comparação, achei que eu parecia... bem, meio vagabunda.

— Tory! — exclamou a mãe dela. — Você está de tirar o fôlego! Ah, onde é que pus a máquina?

— Aqui, use a minha, mamãe — Tory tirou a pequena câmera digital de uma bolsa um tanto volumosa, para uma bolsa de noite.

Fantástico. Depois de todo trabalho que eu havia tido, mamãe ia receber uma foto de qualquer modo. E na foto eu estaria com a aparência que Tory costumava ter e minha prima pareceria... bem, eu. Se eu não tivesse perdido a cabeça por causa do vestido que ela havia comprado para mim.

Ela HAVIA dito que todo mundo usaria preto. Então o que estava fazendo, de branco?

Suportamos uma rodada de fotos, depois o evento humilhante de Zach prendendo a flor que havia trazido para mim — uma rosa vermelho-sangue —, o que exigiu MAIS fotos. (E isso foi particularmente embaraçoso porque não havia muito vestido em que prender a flor, só uma tira. Tia Evelyn teve de ajudar — o que foi bom, porque eu estava me sentindo como se fosse morrer, com Zach tão perto de mim que dava para ver o lugarzinho minúsculo em que ele havia esquecido de se barbear, logo abaixo da orelha... o que era definitivamente perto demais para mim.)

Por fim, quase às sete e meia, eles nos deixaram ir. Subimos na limusine que nos esperava e soltamos um suspiro grupal de alívio.

— Atirem em mim — disse Tory do meio da poça branca e fofa que seu vestido formava contra o banco de couro preto — se algum dia eu ficar daquele jeito, certo? — ela se referia aos pais.

— Achei que eles foram muito fofos — retruquei. — Eles me deixaram meio com vergonha. Mas mesmo assim foram uns fofos.

Tentei não demonstrar como me sentia impressionada por estar numa limusine. Nunca havia estado numa, claro. Vi que havia um decantador de verdade, cheio de uísque, no bar lateral e uma TV de tela plana presa ao teto por uma dobradiça.

Mas não mexi nos botões nem nada, para não entregar que esta era uma coisa que eu não fazia todo dia. Quero dizer, andar de limusine.

E então chegamos. Como a escola Chapman não tinha ginásio, precisava fazer o baile anual de primavera num salão de hotel. O hotel que haviam escolhido para o baile deste ano era o Waldorf-Astoria. O Waldorf é um enorme hotel chique na Park Avenue. Quando nossa limusine parou na entrada, um porteiro de libré vermelha e dourada abriu a porta do carro para nós. Tory foi a primeira a sair, seguida por mim, e depois Zach.

Mas Tory não esperou por nós. Enquanto descíamos da limusine, ela já estava passando pelas grandes portas giratórias e douradas.

— É isso aí — comentou Zach. — Alguém está ansiosa para chegar ao ponche.

— Eu sei — assenti, desconfortável. — Espero que ela não tenha um ataque quando descobrir que não é *diet*.

Então, me olhando enquanto subíamos a escada coberta por um tapete vermelho até a porta giratória, Zach perguntou:

— Ei, já falei como você está fantástica neste vestido?

— Não — fiquei vermelha até o meu último fio de cabelo e torci para que ele não notasse. — Não falou.

— Bom, você está fantástica neste vestido.

— Obrigada. — O que estava acontecendo ali? Zach estava quase... bem, *flertando* comigo. — Você também não está mal.

— Bem — disse Zach, fingindo um suspiro dramático. — Faço o que posso.

Então havíamos passado pela porta giratória e estávamos dentro do saguão teatral e de teto alto.

— Meu Deus, Jean! — De repente, Chanelle estava ao meu lado, arrastando um Robert de aparência muito alerta. — Você está fabulosa! Esse vestido é INCRÍVEL. Ah, oi, Zach. O que aconteceu com a Tory? — perguntou Chanelle, sem esperar resposta. — Ela passou pela gente como um tornado. E vocês viram aquele vestido? Quem ela acha que é? A porcaria da princesa Diana?

— É — concordei. — Achei que vocês tinham dito que todo mundo usa preto no baile da primavera.

— Todo mundo USA — Chanelle indicou seu próprio vestido preto, que provavelmente custou o equivalente a UM ANO das minhas mesadas.

Robert olhou para Zach:

— Cara, você tem algum bagulho aí?

— Não — respondeu Zach. — E acho que não se pode fumar aqui.

— Eu sei. Só estava, você sabe. Perguntando. Para mais tarde.

— Vocês precisam ver o salão de baile — Chanelle nos conduziu para uma porta dupla, ao lado da qual havia uma placa onde estava escrito com letras elegantes: BAILE DE PRIMAVERA DA ESCOLA CHAPMAN. — A decoração é tão cafona! Não sei o que a comissão do baile estava pensando. Tipo, espera até você...

Mas Chanelle não conseguiu dizer o que achava tão cafona no modo como a comissão do baile havia arrumado o salão do Waldorf-Astoria para o Baile da Primavera da Escola Chapman. Porque, naquele momento, Tory veio correndo até nós, tendo ao lado um cara alto e louro de smoking.

— Oi, todo mundo — ela tinha um sorriso que ia de orelha a orelha. — Quero que conheçam o novo homem da minha vida. Não contei a vocês porque queria que fosse surpresa. Este é o meu acompanhante. Ah, na verdade, Jinx, acho que você o conhece.

E, surpresa, olhei o rosto do acompanhante dela.

E quase desmaiei ali mesmo.

CAPÍTULO
18

Tenho um agradecimento muito especial que venho guardando, especialmente para a Jinx.

Foi o que Tory havia dito. Eu tinha sido idiota em não enxergar o que viria. Tinha sido idiota em achar que ela não falava sério.

— Não acredito — murmurei dentro do saco de papel. — Simplesmente não acredito.

— Shhh — disse Chanelle. — Só respire.

— Não acredito que ela estava mentindo — levantei o rosto fora do saco de papel, para falar. — O tempo todo. Ela não mudou. Disse que tinha um agradecimento muito especial para mim... e tinha.

— Se você não respirar dentro do saco — insistiu Chanelle — não vai melhorar.

Respirei no saco.

Era horrível. Era pior do que horrível. Era a pior coisa que já havia me acontecido em toda a vida.

E, considerando a falta de sorte que tive durante a vida, isso queria realmente dizer alguma coisa.

Ao ver que eu estava respirando de modo um pouco mais regular, Chanelle — cuja preocupação comigo era total e sincera... afinal de contas, ela era a pessoa que havia me levado para o banheiro feminino — parou de olhar o próprio reflexo no espelho de moldura dourada acima das pias e perguntou:

— Está melhor, agora?

Confirmei com a cabeça dentro do saco.

— Tudo bem — disse ela. — Então fale. Quem é o cara?

Baixei o saco e fiquei surpresa ao descobrir que podia respirar normalmente outra vez. Deus abençoe a mulher baixinha que trabalhava no banheiro, e que tinha um saco de papel à mão, e que agora estava me olhando com preocupação maternal, em seu pequeno uniforme preto e branco.

— O nome dele é Dylan — respondi. — Ele... é um amigo, da minha cidade. — Não podia lhe dizer a verdade. Não podia. Era horrível demais.

Chanelle arqueou uma única sobrancelha.

— Só isso? Então por que você pirou, daquele jeito?

— Só... fiquei surpresa ao vê-lo aqui, só isso. — Meu coração havia desacelerado, mas eu continuava agitada. *O que ele estava fazendo aqui? Como havia chegado aqui?*

Mas eu sabia a resposta às duas perguntas. Sabia bem demais.

Tenho um agradecimento muito especial que venho guardando, especialmente para a Jinx.

E quando ela entrou um segundo depois, com o maior sorriso do mundo no rosto, tive de me esforçar para não sair correndo do banheiro feminino do Waldorf-Astoria.

— Ah, Jinx, aí está você. — Tory ficou parada, reluzente no incrível vestido branco. Parecia preocupada, a própria imagem da devoção de prima. — Todo mundo está tão preocupado com você, com o modo como você correu para cá! Está tudo bem?

— Ela está ótima — Chanelle me deu um tapinha no ombro. — Só teve um pequeno choque.

— Sei que eu deveria ter lhe contado sobre o Dylan — Tory sorriu para a funcionária do banheiro, que havia se levantado e estava arrumando sua coleção de frascos de laquê, grampos, absorventes internos e coisas do tipo, fingindo que não ouvia nossa conversa. — Mas achei que seria uma boa surpresa. Considerando que vocês dois eram tão... íntimos.

— Ah — achei que logo teria outra utilidade para o saco de papel, de tanto que meu estômago se revirava. — Foi mesmo uma surpresa.

— Agradável, espero — disse Tory, com um sorriso luminoso permanente nos lábios perfeitamente maquiados. — Dylan está muito feliz em ver você. Por que não sai agora para dar um oi? Ele e Zach estão se dando muito bem.

— *Aposto* que estão — respondi. Como pude ser tão idiota? Como pude achar que ela havia mudado? Zach me alertou e eu não quis ouvir porque queria mais do que tudo estar certa com relação a Tory.

Quando a verdade era que eu não poderia estar mais errada.

— Vamos, bobonas. — Inspecionando o próprio reflexo, Tory deu um último tapinha no cabelo e se virou para sair. — Não vamos deixar os garotos esperando.

Chanelle se virou para mim.

— Você está legal mesmo, Jinx?

— Ah — levantei-me trêmula.

Talvez eu pudesse ir discretamente até a segurança. É, era isso. Eu poderia contar aos seguranças que Dylan...

... que Dylan o quê? Ele não tinha feito nada. Era convidado de uma aluna da escola Chapman. Mesmo que a segurança concordasse em retirá-lo, Dylan protestaria, com todo o direito. Provavelmente acabaria aprontando uma cena. E, se não fizesse isso, Tory certamente faria. E arruinaria o baile... não somente para mim, mas para Zach também. Retirar o Dylan só atrairia *mais* atenção para o problema...

Quando a verdade era que eu nem tinha certeza de que ainda *existia* um problema. Muito tempo havia se passado desde que eu o tinha visto pela última vez. Talvez ele tivesse superado. Talvez tudo ficasse bem...

É. E talvez fosse por mim que Zach estivesse apaixonado, e não por Petra. Certo.

— Estou bem — respondia para Chanelle. Porque não havia nada, absolutamente nada, que eu pudesse fazer.

— Ótimo. — Tory deu outro sorriso de rainha da beleza para mim. — Vamos.

Meu estômago estava com um nó tão grande que parecia que alguém havia me dado um soco na barriga. Acompanhei Tory e Chanelle de volta para o saguão do hotel.

Como Tory havia dito, Dylan e Zach batiam papo do lado de fora do salão de baile, enquanto Robert estava ali parado, parecendo que queria estar em outro local... provavelmente no caramanchão dos Gardiner.

Não o culpei. Eu também queria estar lá.

Zach, que obviamente estivera vigiando a porta do banheiro feminino, me esperando, animou-se ao me ver. Dylan, aparentemente notando o sorriso de Zach, virou-se para me encarar e também se animou.

— Aí está você — disse Dylan enquanto nos aproximávamos. — Estávamos preocupados.

— É só coisa de mulher — respondeu Chanelle cantarolando. — Agora está tudo bem.

— É bom saber. — Dylan sorria para mim, aqueles olhos azuis que um dia me convenci de que amava parecendo cheios de preocupação... e adoração. Certo. Bem, talvez ele ainda não estivesse exatamente de volta ao normal. Mas isso não significava... — Agora podemos nos cumprimentar direito. Faz muito tempo, Jean. É realmente bom ver você.

Então ele se curvou para me beijar.

Só um beijo de olá. Só um beijo do tipo *não vejo você há muito tempo*.

Mas mesmo assim dei um passo involuntário para trás, para evitar.

É, isso mesmo. Eu me encolhi. Encolhi-me para longe do beijo de um cara totalmente gato por quem já estive apaixonada.

Ou por quem pelo menos pensei que estivesse apaixonada.

— É bom ver você também, Dylan — respondi depressa, oferecendo a mão direita para apertar a dele. — Como vai?

— Ah — Dylan olhou nossas mãos entrelaçadas enquanto eu apertava a dele com força. — Estou bem.

— Que bom — comentei, alto demais. Outras pessoas, que entravam no salão de baile com suas roupas chiques, me olharam, curiosas. Todas as garotas, menos Tory, usavam preto. — Isso é bom. Bem. — Larguei a mão dele e passei os dedos pelo braço de Zach. — É melhor entrarmos. Vamos começar a festa e coisa e tal. Vejo você mais tarde.

E fui arrastando o Zach para o salão de baile do Waldorf-Astoria, com um sorriso falso grudado no rosto enquanto parávamos diante do mapa de lugares para ver qual seria a nossa mesa.

— Você vai me dizer que diabo está acontecendo? — perguntou Zach, com um sorriso igualmente falso grudado no rosto. Só que nele ficava lindo.

— Nada — falei através do sorriso. — Absolutamente nada. Está tudo bem. Ah, olha, mesa sete. Aqui, perto da janela.

— Não está *nada* bem — disse Zach enquanto assentia para outros caras que ele conhecia, que passavam e diziam: *E aí, Rosen?* — Não sou idiota. Não é exatamente tranquilizador quando a acompanhante de alguém vê outro cara num baile e começa a ficar sem fôlego.

— Ah — abandonei o sorriso —, você notou?

— É. — O sorriso de Zach também desapareceu. — Notei. Quem é ele, Jean? O que está acontecendo?

— Ele só é... — Meus ombros se afrouxaram... o que era perigoso porque, se eu não ficasse ereta, as tirinhas do meu vestido cairiam, e isso não era bom, considerando que elas eram praticamente a única coisa que mantinha o vestido no lugar. — Ele só é... *ele* — falei, arrasada.

— Ele quem? — perguntou Zach, cheio de frustração.

— *Ele* — respondi, em tom significativo. — O cara. O cara que me fez fugir para Nova York.

— Espera aí. — Zach olhou por cima do ombro para Tory e Dylan, que estavam verificando o mapa de lugares para ver onde deveriam se sentar. — Ele? Ele é O TAL cara? O que estava perseguindo você?

— Shhh — falei quando uma garota numa mesa próxima levantou a cabeça depressa, depois de ouvir a palavra *perseguindo*. — Ele não estava... eu lhe disse. Ele não estava exatamente me perseguindo ou assediando. Bom, quero dizer, estava, mas...

— Ele está aqui, não é? Eu diria que isso é assédio.

— Ele está aqui porque Tory convidou.

— Por que *diabos* ela faria isso?

— Para se vingar de mim.

Tínhamos chegado aos nossos lugares na mesa sete. Havia seis lugares, cada um lindamente arrumado com uns trinta talheres e uns oito pratos. Isso era muito mais chique do que os bailes da nossa escola em Hancock, onde jantávamos antes do baile, geralmente na lanchonete local, e não NO baile. Depois nos reuníamos no ginásio da escola com um DJ e umas guirlandas de festa, e não uma orquestra completa e lustres no teto.

— Tory fez o cara vir de avião para cá — disse Zach — para se vingar de você por... que motivo, exatamente? O negócio da bruxaria? Pelo que você fez com os comprimidos? Por causa do Shawn? Ou... de *mim*?

— Pode escolher. Pode ser qualquer das respostas acima. Ou todas. Ou até outra coisa totalmente diferente. Quem pode saber, quando se trata de Tory?

E todos achávamos que ela estava indo tão bem! Correção. Todos, menos Zach, achavam que ela estava indo tão bem.

— Bom, qual é a desse cara? Ele é perigoso? A gente deveria falar com a segurança? Jean... você quer ir embora?

— Não — sentei-me no lugar que me fora designado. — Ah, não, Zach. Não é nada disso. Ele só... ele só gostava realmente de mim, certo? E o sentimento não era mútuo. Bem, tinha sido, mas não era mais. Mas ele... não quis me deixar em paz. Ficava ligando para minha casa a qualquer hora, e... aparecia lá, também. Tipo no meio da noite. Meu pai finalmente teve de mandar que ele me deixasse em paz. Mas mesmo assim ele ficava aparecendo em todo lugar onde eu estava... na igreja. Na biblioteca. Nas casas onde eu fazia uns bicos de babá. Só ficava tipo... me seguindo. Por isso nós finalmente decidimos que eu deveria passar um tempo longe. E vim para cá.

Claro que eu não podia contar toda a verdade ao Zach. Nem de longe. Que a princípio fiquei empolgada com a atenção do Dylan. Quero dizer, eu tinha uma paixonite por Dylan desde que ele era do primeiro ano, uma figura tão romântica e aparentemente inalcançável, capitão do time de futebol, representante de turma, só tirava dez, desejado por líderes de torcida e nerds de orquestra idiotas como eu.

Quando, no último ano, ele finalmente me notou, depois me convidou para sair, fiquei nas nuvens. Minhas colegas nem podiam acreditar — nem eu — que Jinx Honeychurch, que se não fosse a má sorte não teria sorte alguma, havia sido convidada para sair com Dylan Peterson, o cara mais popular da Escola Hancock.

Mas era verdade. Aconteceu. E nem bem compartilhamos nosso primeiro sorvete juntos no Dairy Queen, Dylan me pediu em namoro, e eu, achando que havia morrido e ido para o céu, concordei.

Mas, por acaso, ser namorada do Dylan era muito mais complicado do que eu havia previsto. Dylan esperava que eu estivesse absolutamente em todos os jogos dele... até os que conflitavam com meus concertos da orquestra. Se eu não estivesse lá, ele ficava chateado e dizia que eu não o amava. O que não era verdade.

Pelo menos a princípio.

Depois ele não queria somente que eu fosse aos seus jogos de futebol. Queria que eu estivesse com ele o tempo todo. Queria me levar para a escola de manhã, depois que eu almoçasse com ele, depois assistisse ao treino de futebol após as aulas, depois jantasse na sua casa e fizesse o dever de casa com ele... até esperaria que eu passasse a noite lá, tenho certeza, se seus pais — e os meus — tivessem deixado. Ficava chateado se eu dissesse que queria ir ao cinema com minhas amigas ou ficar em casa para estudar violino.

Logo o que eu havia pensado que era um sonho se transformou num pesadelo ao vivo e em cores...

Até eu finalmente perceber que qualquer amor que eu tivesse sentido por ele havia desaparecido, e não queria mais passar NENHUM tempo com ele, quanto mais todos os momentos do dia, como ele queria.

Por isso, terminei com Dylan.

Tentei fazer isso com gentileza. Disse que o problema não era ele, mas eu. Afirmei que eu não era suficientemente madura para um relacionamento daquela intensidade, e que as coisas estavam indo depressa demais para mim. Disse que precisava de um pouco de espaço, e que no momento tinha de me concentrar na escola e na música. Insisti que precisava ver minhas amigas e trabalhar de babá nos fins de semana, e não simplesmente passar o tempo todo com ele.

Ele disse que entendia totalmente e que, se eu lhe desse outra chance, me deixaria ter mais espaço.

Mas o negócio é que eu não *queria* dar outra chance a Dylan. Porque, naquela altura, eu nem gostava mais dele.

Por isso contei uma mentira. Contei que meus pais disseram que eu não podia mais sair com ele porque ele era velho demais para mim, e que eles achavam que as coisas estavam indo depressa demais. Ei, sou filha de uma pastora, o que ele esperava?

Foi a coisa errada. Eu simplesmente deveria ter dito desde o início: "Não te amo mais."

Porque então ele decidiu que nós éramos amantes impossíveis, como Romeu e Julieta, e que meus pais estavam decididos a nos separar, e que se não fosse por eles estaríamos juntos. Foi então que começaram os telefonemas, as visitas no meio da noite e o negócio de me seguir em toda parte.

Uma noite, finalmente falei — depois de ele me acordar às quatro da manhã jogando pedrinhas na minha janela e implorando que eu fosse conversar com ele — que não o amava e que ele deveria me deixar em paz.

Mas Dylan já tinha ido longe demais, para acreditar em mim.

Por isso saí da cidade. Não sabia o que fazer. Não queria que a coisa terminasse no estilo *Amor sem fim*, onde o cara tentaria incendiar minha casa ou algo do tipo (e, dada a minha sorte, era exatamente isso que iria acontecer).

Eu não ter podido simplesmente me apaixonar por um cara e ele gostar de mim também de um modo legal, saudável, normal, era simplesmente outra indicação de como as estrelas estavam mal-alinhadas na noite em que apareci no planeta Terra. Quero dizer, ser obrigada a fugir para o outro lado do país para me livrar de um namorado obsessivo poderia ser a ideia de romance para Lindsey.

Mas certamente não era para mim.

E agora eu tinha o prazer de saber que não havia conseguido fazer nem isso direito (quero dizer, fugir para o outro lado do país). Porque aqui estava ele, no baile de primavera da minha nova escola.

Legal. Muito legal.

Por que Tory não pôde simplesmente me dar um tiro e acabar com tudo? Seria muitíssimo menos doloroso. E vergonhoso.

— Então, durante todo esse tempo, quando a gente pensou que ela estava bem — Zach ocupou o seu lugar ao meu lado na mesa sete —, Tory estava planejando isso.

— Acho que sim. E você não precisa dizer "a gente". Você estava certo. Ah, Zach, lamento muito.

— *Você* lamenta muito? — Zach balançou o guardanapo e pôs no colo. — O que você tem para lamentar? A culpa não é sua.

— É sim — a sensação no meu estômago estava pior do que nunca. — Acredite. É.

— O quê, o cara ter ficado maluco por você? Ou sua prima ter pegado no seu pé por algum motivo? Acredite em mim, Jean. Nenhuma dessas coisas é sua culpa.

Mas ele não sabia da história completa. Pelo menos ainda não sabia.

— Então o que você quer fazer, Jean? — perguntou Zach. — Porque estou achando que talvez fosse melhor a gente ir embora.

— Ah! Não, Zach. Por minha causa, não. Ou por ele Vai ficar tudo bem. Verdade.

Eu *tinha* de ficar. Não poderia ficar pior.

— Ah, ei! — Chanelle apareceu perto da mesa, segurando um pequeno cartão de papel marfim que havia apanhado no mapa de lugares. — Mesa sete?

— Mesa sete — Zach indicou o enfeite no centro da mesa, onde se destacava um número sete. — Bem-vinda.

— Que bom! — disse Chanelle. — Estou feliz por que a gente não tem de ficar com um monte de idiotas. Sente-se, Robert. — Robert sentou-se ao lado de Chanelle, que havia ocupado o lugar vazio à frente de Zach. — Olhe toda essa prataria. Por que precisamos disso tudo? Ah, meu Deus, garfo para peixe? Odeio peixe. Quem decidiu ter peixe no baile? O hálito de todo mundo vai feder.

E então, de repente, justo quando eu havia começado a achar que ficaria bem, e que as coisas não poderiam piorar, pioraram.

— Oi, pessoal.

Escutei a voz mas não levantei a cabeça. Não precisava.

— Não é divertido? — Tory ocupou o lugar ao lado de Zach. Senti a cadeira ao lado da minha se mexer e soube que Dylan havia se sentado nela. — Tudo está tão lindo. A comissão do baile realmente caprichou, hein?

— Vão servir *peixe* — informou Chanelle com desdém, segurando o garfo de peixe.

— Tenho certeza de que será delicioso — Tory levantou o guardanapo e abriu-o com habilidade, antes de colocar no colo branco cor de neve. — Mal posso esperar.

— Nem eu — disse Dylan. — Sem dúvida é muito melhor do que o baile de formatura em Hancock, não é, Jinx?

O som da voz dele, que um dia havia empolgado cada nervo do meu corpo, agora me fazia sentir como se alguma coisa estivesse se arrastando pelas minhas costas. Para ver o quanto eu não o amava mais. Imaginei se *algum dia* teria amado, para estar me sentindo daquele jeito.

— É — respondi numa voz completamente desprovida de entusiasmo.

Não dava para acreditar. Isso não deveria ter acontecido. Eu estava usando meu pentagrama! E na minha bolsinha havia um pequeno saco com temperos — como aquele que a moça boazinha da Encantos havia feito para o Zach. Isso não deveria me proteger de coisas assim? E que tal aquele feitiço de amarração que eu havia feito para Tory? Ela não deveria ser capaz de me fazer mal.

Então percebi que todas essas coisas — o pentagrama, o sachê e o feitiço de amarração — só poderiam me proteger de magia. O que Tory havia feito naquela noite não era magia.

Não havia absolutamente nada de mágico. Só fora necessário um pouco de habilidade investigativa e um bom cartão de crédito.

— Gostaria de propor um brinde — Dylan levantou seu copo d'água assim que o garçom havia aparecido e enchido todos os nossos, usando uma jarra de cristal.

Eu tinha certeza de que ia vomitar.

— Aos velhos amigos — Dylan olhou diretamente para mim.

— Aos velhos amigos — ecoou Chanelle. — Ah, isso é ótimo. E aos novos também, certo, Jean?

Levantei meu copo d'água.

— É. — Fiquei pasma porque consegui falar ao menos uma palavra.

Olhei na direção de Zach e vi que ele estava me olhando. Levantou uma sobrancelha. Sua expressão dizia claramente: *Qual é! Não é tão ruim.*

E estava certo. Não era.

E depois ficou.

— Então, Tory — disse Chanelle, enquanto uma equipe de garçons punha o primeiro prato à nossa frente. Uma salada mista com molho vinagrete. — Como conheceu Dylan?

— Ah, na verdade é uma história engraçada — respondeu Tory depois de engolir um pouco da salada. — Eu sabia que Jinx havia saído com um cara chamado Dylan, mas não sabia qual era o sobrenome, nem nada. Por isso liguei para a irmã dela, Courtney, que ficou toda feliz em me falar sobre ele.

Era isso. Quando eu voltasse a Hancock, a primeira coisa que teria de fazer era matar Courtney.

Isto é, se eu sobrevivesse àquela noite.

— Então liguei para Dylan e a gente bateu papo. — Tory parou para lançar um sorriso luminoso para Dylan... que, um tanto para minha surpresa, sorriu de volta para ela, quase como se... bem, quase como se gostasse dela — e achei que seria uma surpresa divertida para Jinx, que, mesmo eu sabendo que ela não mencionou isso a todos vocês, andava com um bocado de saudade da cidade dela, trazê-lo aqui para o baile. Foi o que fiz. Infelizmente o avião dele atrasou, caso contrário teria encontrado a gente lá em casa. Mas acho que funcionou ainda melhor. Não acha, Jinx?

— Ah, é — mexi as folhas da salada no prato. De jeito nenhum eu conseguia me obrigar a comer. — Funcionou muitíssimo bem.

— Achei que era o mínimo que eu poderia fazer — continuou Tory, no mesmo tom casual. — Trazer o Dylan de avião, e coisa e tal. Mostrar a Jinx como estou agradecida por todas as coisas que ela fez por mim desde que chegou aqui. Como roubar minha melhor amiga. Ah, e dedurar o Shawn. Ah, e roubar o Zach debaixo do meu nariz.

Chanelle largou o garfo. Todos os outros na mesa — inclusive Dylan — estavam olhando para Tory, em choque.

Robert foi o primeiro a romper o silêncio.

— Você disse que não dedurou o Shawn — disse ele, me olhando com ar acusador.

Meus olhos haviam se enchido de lágrimas. Eu tinha achado que a coisa não teria como piorar. Mal imaginava como iria ficar muito, muito pior.

— Não dedurei — respondi. Então, como um raio vindo do nada, percebi. — Mas tenho uma boa ideia de quem fez isso — estreitei os olhos para Tory.

— Ah, até parece, Jinx — Tory riu. — Como se eu fosse dedurar meu próprio namorado...

— Seu namorado que já havia pagado o adiantamento pela limusine desta noite — falei. — E que talvez não achasse muito bom se você acabasse vindo ao baile com outro.

Agora o olhar acusador de Robert se voltou para Tory.

— Você dedurou o Shawn para poder vir aqui esta noite com esse tal de Dylan? — perguntou ele.

Mas Tory não afastou o olhar de mim.

— Você vai desejar nunca ter nascido.

— Tudo bem — Zach pôs o guardanapo na mesa e se levantou. — É isso aí, Jean, vamos embora. Agora.

— Ah, meu Deus — Tory riu. Mas ainda estava olhando para mim, e não para o Zach. — Agora até *ele* está comendo na sua mão. Não bastou você roubar minha melhor amiga e meus próprios pais. Teve até de roubar o cara que eu amo.

Senti que eu estava ficando vermelha como o tapete. Tory não havia falado exatamente na voz mais baixa do mundo. Todo mundo, pelo menos todas as pessoas sentadas ali por perto, estavam olhando agora para a mesa sete.

— Jean não roubou ninguém de você, Tory — Zach se inclinou na direção da cadeira dela, para dizer em voz baixa e firme: — Por que você e eu não damos uma voltinha lá fora, certo? Acho que você precisa de um pouco de ar puro.

— Olhe para ele — Tory se virou para mim lançando um riso de desprezo na direção de Zach. — Tão pronto a fazer qualquer coisa por você. Exatamente como o Dylan, aqui. Você deveria ouvir como ele ficou empolgado quando liguei e disse onde você estava. Ele mal conseguiu se conter. Acho que esses dois nem se incomodaram em pensar em *por que* podem estar tão fascinados por você.

O tremor que desceu pela minha coluna naquele momento foi dez vezes mais forte do que o que senti quando Dylan havia falado comigo. Naquele momento simplesmente fiquei enojada. Agora era como se alguém tivesse acabado de andar em cima da minha sepultura.

Porque eu sabia o que Tory ia fazer. Sabia com tanta certeza quanto sabia que era ela quem havia entregado o Shawn.

— Tory — falei numa voz que não parecia nem um pouco minha, de tanto medo. — Não.

Mas era muito tarde. Tarde demais.

Porque Tory já estava abrindo a bolsa e enfiando a mão nela. Eu havia achado que era um acessório grande demais para um baile.

Um segundo depois, ela havia jogado um boneco no meio da mesa. Um boneco que eu reconhecia bem demais. E tenho certeza de que todo mundo na mesa sete também reconheceu.

Porque era idêntico a Dylan.

CAPÍTULO
19

O boneco tinha os olhos de Dylan.

Tinha o tipo de corpo do Dylan, os ombros largos, as pernas longas.

Tinha até o uniforme de futebol de Dylan, com as cores verde e branco da escola Hancock. O número de Dylan — doze — estava no peito do boneco. Mas talvez Dylan e eu fôssemos os únicos da mesa a saber disso. A não ser por Tory, que obviamente havia adivinhado.

O boneco tinha até o cabelo de Dylan. O cabelo DE VERDADE; cabelo que eu havia tido um trabalho enorme para conseguir quando decidi fazer com que Dylan se apaixonasse por mim. Eu tivera de dizer a ele que estávamos pegando amostras de todos os membros do time de futebol para costurar numa colcha de retalhos da sorte.

Uma colcha da sorte, pelo amor de Deus.

E então tive de ir em frente e fazer uma colcha da sorte, não querendo que Dylan descobrisse que era só o cabelo DELE que eu queria.

Claro, se eu soubesse que o feitiço iria dar tão certo — na verdade, um pouco certo DEMAIS — não teria me incomodado em fazer a colcha. Porque nem bem dei o último ponto no rosto do boneco e o telefone tocou, e era Dylan me convidando para aquele primeiro sorvete histórico.

Eu sabia disso, claro. E tinha a sensação de que Tory também. Ou, pelo menos, ela sabia a maior parte daquela história.

Porém ninguém mais na mesa sete sabia. Principalmente Zach. Ainda havia uma chance. Ainda havia uma...

— Você já se perguntou, Dylan — disse Tory, com voz doce —, por que se apaixonou tanto, e tão depressa, por uma garota com quem você não tinha absolutamente nada em comum?

Dylan não havia afastado o olhar do boneco. Disse:

— Número doze. É o número da minha camisa. Que negócio e esse? É para ser eu? Isso aí é o meu CABELO?

— É — respondeu Tory. — É, Dylan. Este é o boneco que Jinx fez de você, para fazer você se apaixonar por ela. Veja bem, originalmente ela costurou um pouco do cabelo *dela* na cabeça do boneco, também, para você não conseguir tirá-la da *sua* cabeça. E deu certo. Não foi?

Dylan olhou do boneco para Tory, e depois para mim, e de novo para o boneco.

— O que é *isso*? — perguntou ele. — Algum tipo de vodu?

— Não, Dylan — respondi. Podia sentir meu mundo (que, vamos encarar, não havia sido particularmente fantástico, mas era o único que eu tinha) escorrendo para longe.

— Foi só uma brincadeira. Eu encontrei um livro de feitiços na escola, veja bem, e... bem, nossa avó sempre disse...

— ... que uma das filhas da nossa geração acabaria sendo uma grande bruxa — terminou Tory por mim, para que toda a mesa ouvisse. — Adivinhe só quem acabou sendo a bruxa.

Todos os olhares na mesa sete estavam fixos em mim. E não somente os da mesa sete, mas o pessoal das mesas seis e oito também me olhava com bastante intensidade.

— Foi apenas uma brincadeira — soltei com um riso nervoso. — Uma brincadeira idiota. Quero dizer, nenhuma pessoa sã poderia acreditar que era possível levar alguém a se apaixonar somente fazendo um BONECO parecido com essa pessoa.

— É — disse Tory. — Só que, no seu caso, funcionou, não foi, Jinx?

Balancei a cabeça com força.

— Fala sério! — respondi. — Vamos ser razoáveis. Esse tipo de coisa simplesmente não acontece. Foi só coincidência, Dylan. Quero dizer, eu fiz esse boneco, e por acaso você me convidou para sair. Puxa, provavelmente o único motivo para você ter me notado, de início, foi porque inventei aquela história de que precisava do seu cabelo para a colcha idiota...

Dylan ficou perplexo.

— Você inventou a história da colcha? Da colcha da sorte? Mas eu vi a colcha. Todos os caras também doaram o cabelo...

— Acho que eu poderia ter acreditado que era coincidência — disse Tory, pensativa — se tivesse acontecido só uma vez.

Afastei o olhar de Dylan e olhei para a mão de Tory, que estava entrando de novo na bolsa.

Ah, não. Ah, pelo amor de Deus, não...

— Mas então você fez de novo — disse Tory. — Não foi, Jinx?

E ela jogou o boneco de Zach na mesa, ao lado do de Dylan.

Eu deveria saber que, se ela havia encontrado um, teria encontrado o outro. O primeiro — o boneco do Dylan — eu havia escondido onde achei que era um local brilhante, na noite em que cheguei a Nova York. Eu havia trazido o boneco porque não queria que uma das minhas irmãs o encontrasse no nosso quarto. E não havia jogado fora pelo mesmo motivo pelo qual havia pescado o boneco de Tory no lixo... Não podia deixá-lo mofar em algum lixão. Era o boneco de alguém que eu havia amado.

Por isso coloquei o boneco do Dylan onde achei que ninguém pensaria em olhar. E pus o de Zach no mesmo lugar, algumas semanas depois.

Uma pena eu não ter percebido que Tory estivera me espionando o tempo todo. Ou será que ela também gostava de esconder coisas na chaminé da lareira que não funcionava, no meu quarto?

Zach, olhando para o que Tory havia acabado de jogar na mesa, perguntou numa voz que parecia extremamente distante:

— Isso aí era para ser eu?

— Zach — falei como se eu estivesse engasgando. — Eu NÃO fiz esse aí. Juro por Deus. Fiz o do Dylan. Mas foi há muito tempo, e percebi imediatamente que era um erro terrível...

— Espera — Chanelle ergueu o olhar dos dois bonecos para o meu rosto. — Então você É uma bruxa?

Engoli em seco. Como isso poderia estar acontecendo? Quero dizer, sou eu, esse tipo de coisa sempre acontece com alguém como eu.

Mas nada TÃO ruim. Meu azar nunca havia sido TÃO medonho.

— Eu fiz um feitiço — admiti. O que mais poderia fazer? *Abrace o seu medo.*

Era o que Lisa havia dito. E eu certamente tinha medo de admitir a qualquer um o que havia feito. Talvez, se me revelasse agora, as coisas melhorassem.

— Achei que estava fazendo magia branca. Percebi que magia branca NÃO tem a ver com tentar obrigar as pessoas a fazer alguma coisa contra a vontade, ou manipular as emoções delas. Não sabia disso quando fiz esse seu boneco, Dylan, e lamento muito, de verdade. Assim que percebi, tentei desfazer o feitiço tirando o meu cabelo dele. Mas... mas acho que não funcionou.

Robert, do outro lado da mesa olhou dos bonecos para mim.

— Cara. Isso está me deixando pirado. Ela é uma bruxa ou o quê?

— Ela é uma bruxa — afirmou Tory. — Só pensei que todos vocês deveriam saber. Primeiro ela fez o coitado do Dylan ficar de quatro por causa dela. E depois acho que decidiu que ter um cara completamente chapado por ela não bastava. Por isso veio para Nova York e imediatamente pôs os olhos no pobre do Zach que...

— Eu não fiz o boneco do Zach! — gritei, levantando-me. — Foi Tory! Ela me mostrou na noite em que cheguei a Nova York. Tory acha que ELA é a bruxa de quem vovó vivia falando, e fez esse boneco e tentou me convencer a entrar para o seu *coven*. E quando eu disse que não queria ter nada a ver com esse tipo de coisa, porque tinha aprendido, do modo mais difícil, o que acontece quando a gente mexe com magia, ela ficou louca.

Ofegando, olhei ao redor da mesa, os rostos de Dylan e dos meus amigos. Nenhum deles parecia acreditar em mim. Zach nem conseguia me olhar nos olhos.

— Zach — apelei a ele. Porque era a opinião dele a que mais me importava. — Você precisa acreditar. Quero dizer, olha só para esse boneco. — Peguei o boneco do Zach. — Não se parece nada com o boneco que eu fiz. Quero dizer... um... um... macaco seria capaz de costurar um boneco melhor do que esse.

— Acho — disse Tory em voz baixa, quando Zach não respondeu imediatamente — que é melhor você ir embora, Jinx. Ninguém quer você aqui.

Então olhei para ela. Quero dizer, olhei de verdade. E percebi o modo brilhante com que Tory havia conseguido construir aquela pequena trama, até o menor detalhe. Em seu vestido de baile branco e com a maquiagem virginal. ELA parecia a filha da pastora — a que, naturalmente, poderia estar dizendo a verdade. Ao passo que, no vestido preto e colante que ela havia escolhido para mim e com os cabelos ruivos revoltos, eu parecia ser totalmente o que ela estava afirmando que eu era... uma bruxa praticante, que havia decidido ganhar o coração não de um, mas de dois dos garotos mais populares das duas escolas que eu havia frequentado naquele ano.

Tinha de admitir. Ela havia conseguido, e provavelmente tinha realizado algo tão grande que não poderia imaginar nem em seus sonhos mais ousados.

Mas Tory ainda não havia terminado. O golpe de misericórdia ainda viria.

— Realmente acho — Tory baixou a voz para dizer, como se fôssemos "só nós, as meninas" conversando, se bem que agora todo o salão estivesse ouvindo... até os garçons, que começaram a vir com o prato de peixe — que talvez você queira uma lição da nossa tata-tata-tataravó Branwen, Jinx. Porque, você sabe, ela foi queimada na fogueira, por bruxaria. Não queremos que isso aconteça com você, não é?

Não pude acreditar que ela estava repetindo para mim o que eu havia lhe contado sobre Branwen. Não podia acreditar que ela ao menos estivesse disposta a mencionar o modo horrível como Branwen havia morrido, só para me fazer ficar mal diante do Zach.

Mas eu não deveria me surpreender. Afinal, se ela estava disposta a mentir sobre o boneco, seria capaz de qualquer coisa.

— Ótimo — falei numa voz trêmula. — Está ótimo, Tory. Você venceu. Porque, sabe de uma coisa? Nem me importo mais.

Em seguida me levantei e me virei.

E, na frente de todas aquelas pessoas, com todos aqueles olhares se cravando nas minhas costas, saí daquele salão de baile, esperando, mesmo contra todas as esperanças, que tivesse forças para ir embora antes de começar a chorar.

Achei que ouvi a voz de um cara chamando meu nome, mas não podia saber se era Dylan ou Zach.

E sei que, quem quer que fosse, eu não poderia encará-lo. Não naquela hora. Não sem irromper em lágrimas.

Cheguei à porta giratória e saí na Park Avenue. Ali, para meu alívio, o porteiro perguntou.

— Precisa de um táxi, moça?

Assenti e ele parou um táxi para mim. Arrastei-me para o banco de trás, agradecida por ter trazido dinheiro suficiente para ir até em casa, caso precisasse. Uma lição que minha mãe pastora havia enfiado na minha cabeça desde a infância.

— Para onde, moça? — perguntou o chofer.

Queria responder "para o aeroporto". Queria dizer para a Estação Penn ou a Grand Central, ou qualquer lugar onde me colocassem num trem saindo de Nova York de volta para Iowa.

Só que eu não tinha TANTO dinheiro assim.

Por isso apenas falei:

— Rua Sessenta e Nove Leste, trezentos e vinte e seis, por favor.

E o motorista assentiu, ligou o taxímetro e me levou para casa.

Só chorei quando estava no meu quarto. Felizmente não esbarrei em ninguém no corredor nem na escada. Alice já estava na cama, e Teddy tinha ido dormir na casa de um colega, e Petra e Willem, cuidando de Alice enquanto tia Evelyn e tio Ted iam a uma das muitas festas às quais eram constantemente convidados, estavam na sala íntima assistindo a um filme. Ninguém me ouviu chegar.

E ninguém me ouviu chorando no meu banheiro depois de ter tirado a roupa e entrado na grande banheira de mármore. Chorei até ficar com os olhos vermelhos e inchados, até não poder espremer mais uma lágrima. Mantive a água correndo o tempo todo, de modo que, se Petra viesse olhar Alice, não me ouviria chorando.

Como aquilo podia ter acontecido? Eu fora humilhada diante de toda a escola — levada a parecer um monstro muito maior do que já me achavam. Não me importava muito com o que Robert ou mesmo Chanelle pensassem de mim. Mas Zach! Como ela podia ter feito aquilo na frente do Zach? Quero dizer, sei que ela gostava dele. Sei que ela estava chateada porque meu feitiço com o Dylan havia funcionado e o dela com Zach não.

Mas ela PRECISAVA fazer isso na frente do Zach?

E então, quando uma nova onda de lágrimas parecia surgir, elas secaram subitamente.

Porque um novo pensamento me ocorreu, um pensamento que eu não havia considerado antes.

Então era DISSO que se tratava? Tinha menos a ver com um garoto e mais com o fato de que MEU feitiço havia funcionado e o dela não? Será que Tory estava com ciúme porque sabia que *eu* era a bruxa que Branwen havia prometido que viria? Será que estava com ciúme porque achava que deveria ser ELA?

Porque eu não tenho medo de usar o dom, como você. Era o que Tory havia me falado.

Parecia idiota demais. Quero dizer, que importância isso tinha? Meus poderes, se é que eram isso, só haviam me trazido infortúnio e sofrimento. Claro, eu havia salvado Zach daquele mensageiro de bicicleta. Mas isso não havia sido magia. Eu meramente estava no lugar errado na hora certa.

E a queda de energia na noite em que nasci... tinha sido só uma tempestade.

E Willem ganhando a viagem para ver Petra... tinha sido só coincidência. Não tinha nada a ver com o feitiço de amarração que eu havia feito contra Tory, ou o de proteção que fiz para Petra.

E Dylan... pobre Dylan. Só estava a fim de se apaixonar, e eu havia aparecido com aquela enorme fixação por ele... claro que ele se apaixonou por mim.

Nada disso era prova de que eu fosse uma bruxa.

Menos, acho, para Tory, que provavelmente cantava vantagem com seu *coven* sobre sua ancestral e seu destino como a única bruxa de verdade em nossa geração.

E então eu havia aparecido para arruinar tudo para ela.

Fazia todo o sentido. Verdade, não era de espantar que ela estivesse tão furiosa.

Mas se ser a bruxa da família significa tanto para Tory, ela podia ficar com o dom. Eu ia cancelar o feitiço de amarração e...

O que eu estava FALANDO? NÃO EXISTIA ESSE NEGÓCIO DE MAGIA.

Porque, se existisse, o que havia acontecido esta noite nunca, jamais aconteceria. Meu colar, aquele colar idiota que a moça da Encantos havia me dado, teria me protegido.

Mas não tinha. Não tinha porque a coisa toda era a maior enganação. Não havia esse negócio de magia. Assim como não havia esse negócio de sorte. Pelo menos sorte boa. Porque era uma coisa que nunca havia acontecido comigo.

E eu estava tão furiosa com a coisa toda, tão enjoada de tudo aquilo, que arranquei o pentagrama e joguei do outro lado do banheiro. Tentei não olhar onde ele pousou, para não poder voltar depois e pegá-lo. Que Marta encontrasse e pensasse que era lixo.

Desejei ser capaz de jogar fora a minha vida com a mesma facilidade.

Devia ser uma hora depois — eu já estava na cama, com o meu pijama mais medonho, o de flanela cor-de-rosa com estampa de borboletas — quando houve uma batida na porta.

— Jean? — era Petra.

— Entre — respondi. Petra era uma das poucas pessoas que eu achava que suportaria ver naquele momento.

— Achei que ouvi você tomando banho — ela olhou para mim, preocupada, da porta. — Você voltou para casa cedo, não foi?

— É. Acabou não sendo tão divertido assim.

— Você e Zach brigaram? — perguntou Petra, com gentileza.

— Pode-se dizer que sim.

— Foi o que pensei. Porque ele está aqui.

Empertiguei-me na cama.

— AQUI? AGORA?

— É, ele está lá embaixo. Quer falar com você.

Rá. Aposto que sim. Para poder me dizer... o quê? Que achava que nós não iríamos nos ver mais? Que tinha decidido voltar à sua política de *laissez-faire*, e que uma das pessoas com quem iria adotar esse tipo de atitude era eu?

Bom, eu não iria lhe dar essa satisfação. De jeito nenhum iria descer. Não sem maquiagem, com o cabelo todo embolado e crespo do vapor. Não com o pijama de borboletas. Não era um modo de aparecer depois de um rompimento. Não que fôssemos terminar, porque não chegamos a namorar. De qualquer modo, ele podia romper comigo ou sei lá o quê... amanhã, quando eu estivesse usando um pouco de brilho labial.

— Pode dizer a ele que já fui dormir? — pedi.

Petra franziu a testa.

— Claro que posso, se você quiser. Mas tem certeza de que é isso que você quer, Jean? Ele parece muito preocupado. Disse... disse que aconteceu uma coisa esta noite. Uma coisa com Tory?

— É. — Tenho certeza de que ele parecia preocupado. Provavelmente porque tinha medo do tipo de feitiço que eu faria depois de ele me dar o fora. Só isso. — É, tenho certeza.

— Bem. Certo. Quer conversar sobre isso?

Se eu queria conversar sobre isso? Eu nem queria PENSAR nisso, nunca mais.

— Sabe de uma coisa? Realmente só quero dormir, se não tiver problema.

— Tudo bem — Petra me lançou um sorriso gentil. — Só lembre que eu estou aqui, se você precisar. Nem precisa ficar tímida por causa do Willem. Se precisar de alguma coisa, é só bater na porta lá embaixo. Certo?

— Certo — consegui dar um sorriso. — Obrigada. E boa-noite.

— Boa-noite, Jean — Petra fechou a porta.

Petra era tão legal! Eu realmente iria sentir falta dela quando fosse para casa.

O que, eu havia decidido, aconteceria assim que eu conseguisse uma passagem. Porque não poderia ficar nem mais um segundo em Nova York. Certamente não poderia voltar para a escola na segunda-feira. Iria encarar Zach amanhã, porque lhe devia isso, de qualquer modo.

Mas iria voltar para Hancock, que era o meu lugar. Depois de Tory, lidar com Dylan seria moleza.

Além disso, talvez ele esfriasse um pouco, depois de descobrir sobre o boneco. Os homens não gostam de saber que as mulheres mentiram para eles e que eles foram manipulados. Zach era prova suficiente disso. Talvez Dylan acompanhasse o Zach. Pelo menos UMA coisa boa resultaria disso tudo, afinal.

Eu havia dito a Petra para falar ao Zach que eu estava dormindo, e apaguei a luz depois de ela sair, para fingir que era verdade.

Mas o sono demorou muito a chegar. Fiquei acordada, repassando na cabeça a cena acontecida na mesa sete, várias e várias vezes.

Mas, não importando o quanto eu tentasse, não conseguia pensar numa única coisa que poderia ter dito para fazer com que Zach acreditasse em mim. Tory havia realmente feito um trabalho *soberbo* manipulando a situação a favor dela. Depois disso eu esperava que ela conseguisse o que queria. Zach. O afastamento de Petra. Os poderes mágicos de Branwen. Certamente poucas pessoas já haviam trabalhado tão duro para isso quanto ela.

Pelo menos não de um modo tão deturpado.

Não sei a que horas caí no sono. Mas sei que horas eram quando acordei. Duas da madrugada.

Sei porque abri os olhos e vi os números vermelhos do relógio digital ao lado da cama.

O motivo para ter acordado? Bom, essa é a coisa curiosa.

Não foi porque subitamente havia me enchido com a sensação de que, pela primeira vez, tudo ficaria bem. Não foi porque, por mais desesperada que eu estivesse ao adormecer, havia acordado com uma sensação de calma, uma sensação de que não havia nada — nada no mundo — de que eu precisasse ter medo, se bem que essas duas coisas fossem verdadeiras.

Não, acordei porque havia alguém parado junto da minha cama, sussurrando meu nome.

Jean, disse a voz. *Jean*.

Era uma garota usando um vestido branco e comprido.

Mas não era Tory ainda com o vestido do baile da primavera.

Porque a garota estava sorrindo para mim — e não de modo maligno, mas como se realmente gostasse de mim. Além disso, tinha cabelo ruivo e comprido.

E mesmo nunca a tendo encontrado antes, eu soube o nome dela. Tão bem quanto sabia o meu.

— Branwen? — eu me sentei.

CAPÍTULO 20

Mas, no minuto em que me sentei, ela sumiu. A garota ruiva e sorridente de vestido branco e longo havia desaparecido.

Se é que estivera ali antes.

Porque certamente havia sido apenas um sonho. Num estado entre o acordar e o adormecer, pensei que tinha visto minha antepassada junto à cama, dizendo meu nome. Tinha de ser isso. Porque eu não acreditava em fantasmas, assim como não acreditava em magia.

Pelo menos naquela noite.

Foi enquanto dizia isso a mim mesma que senti uma coisa no pescoço. Uma coisa que não estivera ali quando eu tinha ido dormir. Levantando a mão, percebi que era o colar de pentagrama que Lisa havia me dado.

Que eu me lembrava nitidamente de ter tirado do pulso e jogado do outro lado do banheiro, sem nem mesmo olhar onde havia caído.

E agora estava no meu pescoço.

Uma sensação de... quê? Não era medo. Porque eu não estava amedrontada. E não era pavor, também. Meu estômago não doía. Mas alguma coisa me dominava. Eu ainda sentia a calma estranha que havia experimentado ao acordar, mas agora era acompanhada por... felicidade.

Eu me sentia *feliz*.

O que estava acontecendo? Por que eu não estava com medo? Colares não aparecem de repente no pescoço das pessoas. Alguém o havia encontrado e posto de volta em mim. Mas quem? Quem poderia ter entrado no meu quarto e feito algo assim, tão silencioso e gentil que não me acordara? Petra?

Ou o fantasma da minha tata-tata-tata-tataravó cuidando de mim quando eu mais precisava? Mostrando que, como eu sempre havia suspeitado, eu realmente era a filha de quem ela falava, a destinada à grandeza como bruxa. E não Tory.

Só eu. Sempre havia sido apenas eu.

Eu só precisava acreditar. Nela.

Em mim mesma.

De repente eu soube que o sono havia sumido. Minha pele pinicava como se estivesse eletrificada. Pulei da cama e fui até a janela. Uma luz azul e fraca entrava pelas camadas diáfanas da cortina — eu havia esquecido de puxar o *blackout*. Presumi que a luz fosse dos prédios atrás da casa de Tory.

Mas quando puxei a cortina para o lado, vi que a luz vinha de uma lua cheia, pendendo pesada e branca no céu noturno, tão luminosa que havia um ligeiro arco-íris ao redor.

Pelo que eu sabia das leituras do livro de feitiçaria que tinha comprado, a lua minguante era época de fazer feitiços de banimento. Na lua crescente era quando, por tradição, as bruxas faziam feitiços de prosperidade e crescimento.

Mas nas noites de lua cheia... bem, praticamente qualquer coisa pode acontecer. Tudo é possível sob uma lua cheia. Por isso tanta gente vai parar nas emergências dos hospitais nestas noites.

Pelo menos é o que dizem em *ER*.

Que estranho, logo naquela noite haver uma lua cheia. Ou seria por isso que Branwen pudera finalmente aparecer para mim? Por causa da lua... e da minha necessidade?

Então ouvi alguma coisa lá embaixo, no quintal. Na verdade, parecia Mouche. Mas o que Mouche estaria fazendo lá fora à noite? Alice sempre se lembrava de trazê-la para dentro assim que escurecia. A gata dormia com ela toda noite. Quem poderia ter deixado Mouche sair?

Então notei uma coisa estranha. Havia uma luz no caramanchão.

Não. Claro que não. Eu devia estar imaginando coisas... como havia imaginado Branwen. Se é que *havia* imaginado que vi Branwen.

Mas não. Lá estava de novo. Não somente uma luz, mas muitas luzes, quase como se...

... como se alguém estivesse acendendo velas lá embaixo.

Alguém que se parecia um bocado com minha prima Tory.

E de repente eu soube por que Branwen havia escolhido aquela noite, logo aquela, para aparecer. Até sabia por que ela havia encontrado meu colar e posto no meu pescoço.

Porque era hora. Era hora de confrontar minha prima Tory.

Sem acender nem uma única luz — eu não queria que Tory visse, que soubesse que eu estava acordada e percebesse antecipadamente que eu iria vê-la — tirei o pijama e vesti jeans e um suéter. Levei um par de mocassins na mão, saí do quarto e desci a escada, para que meus passos não acordassem ninguém. Quando cheguei à porta que dava no quintal, calcei os sapatos e desci a escada até o jardim.

Havia bastante luz — azulada, mas mesmo assim bastante — para enxergar.

Mas eu não precisava da luz da lua para ver o brilho amarelo que vinha de trás dos vidros foscos do caramanchão. Ou as três sombras esguias lançadas por elas.

Era Tory. Tory e seu *coven*.

E de repente me lembrei dos cogumelos. Os cogumelos que Tory havia pedido a Chanelle para ajudá-la a raspar de uma lápide à luz de uma lua crescente. Agora a lua estava totalmente cheia. Começaria a minguar na noite seguinte. O que quer que ela estivesse pretendendo fazer com eles, teria de ser naquela noite.

E o que quer que ela pretendesse fazer com os cogumelos, tinha de ser ruim, se eu conhecia Tory. Não podia ser nada relativo a mim. Ela havia me dizimado no baile. Minha prima devia saber disso. Não, quem quer que fosse o alvo daquele feitiço — Petra, Zach, quem poderia saber? — não era eu. Tory sabia que havia se livrado de mim.

Pela primeira vez desde que havia acordado naquela noite, senti algo diferente de uma calma imaterial.

Raiva. Senti raiva.

Não do que Tory havia feito comigo — eu tinha merecido aquilo, pelo que havia feito com Dylan. Não, eu estava com raiva porque, tendo testemunhado naquela noite os resultados diretos da minha tentativa de manipular os outros, Tory não podia ver que as coisas que fazia eram tão erradas.

Bom, já chegava. Havia acabado. Ela precisava ser impedida. *Eu* iria impedi-la...

... até que o que vi lá dentro fez minha voz secar na garganta.

Lá estavam elas, as três, Tory ainda com o vestido virginal do baile. Gretchen e Lindsey, por outro lado, todas montadas com o delineador preto de sempre e totalmente vestidas de preto. Estavam sentadas ao redor do que parecia um pequeno altar na mesa com tampo de vidro no meio do caramanchão, com dezenas de velas acesas (pretas, claro) e um negócio parecido com um cálice, vazio, no meio da mesa/altar.

E não pareceram nem um pouco surpresas ao me ver. Bem, pelo menos Tory.

— Pronto — a voz dela demonstrava alguma satisfação. — Eu disse que ela viria, senhoras. Não disse?

A única reação de Lindsey, que não transpareceu nenhum tipo de surpresa, foi dar um risinho. Mas Gretchen, lançando-me um olhar de desprezo, perguntou:

— Não entendo, Tor. Como você sabia?

— Porque ela é fraca — disse Tory. Foi então que vi o que ela estava segurando embaixo da mesa de tampo de vidro. Era Mouche, lutando para se livrar e fazendo um tremendo estardalhaço.

O mesmo estardalhaço que eu havia escutado do quarto.

E por isso Tory soltou abruptamente a gata. Porque Mouche havia feito o que Tory precisava que ela fizesse.

Ela havia me atraído para o caramanchão. Exatamente onde me queria.

— Se ela é fraca — Gretchen tinha um ar sombrio. — Por que queremos ela?

— Eu disse. Não é ela que nós queremos — explicou Tory. — É o sangue dela.

Então finalmente percebi o que estava acontecendo — por que as três estavam sentadas ao redor do cálice vazio.

E para quê eu estava ali.

Como o sangue do meu rosto, senti toda a decisão instilada por Branwen sumir. Virei-me para ir embora, mas não fui rápida o bastante. Consegui abrir a porta — só o bastante para Mouche sair correndo — mas Gretchen, que por acaso era tão forte quanto alta, me agarrou e me puxou de volta, me empurrando com força para a cadeira de ferro fundido à frente da mesa, diante de Tory.

— Amarrem as mãos dela — ordenou minha prima.

E Lindsey e Gretchen pegaram obedientemente uma corda de cetim preto, provavelmente de um dos roupões do pai de uma delas, e começaram a enrolá-la — não muito frouxo, devo dizer — nos meus pulsos. Na verdade elas me amarraram bem apertado.

— Vocês aí — falei. Disse a mim mesma para não entrar em pânico. Provavelmente era apenas algum tipo de ritual de trote. Provavelmente só iriam me obrigar a entrar naquele *coven* idiota e a fazer algum juramento imbecil. Só iriam tirar um pouquinho de sangue para nos tornar "irmãs de almas" ou algo do tipo. Mesmo assim. — Acho que vocês cortaram a circulação dos meus dedos.

— Cala a boca — ordenou Tory.

— Tudo bem. Mas se meus dedos começarem a ficar pretos e a cair...

— Eu mandei CALAR A BOCA.

Foi então que Tory se levantou de sua cadeira e me bateu. Com força. Com a mão aberta, no rosto.

Ela me deu um tapa, não um soco. Mesmo assim, doeu. Por um minuto, vi estrelas.

Foi então que percebi que aquilo provavelmente não era um trote.

— Está tudo preparado? — perguntou Tory às duas cúmplices, que assentiram. Gretchen tinha um ar de empolgação no rosto. Só Lindsey parecia meio abalada com o tapa. Ao menos pelo que pude observar através dos olhos que haviam se enchido automaticamente de lágrimas com a pancada. Tory era fisicamente muito mais forte do que eu poderia imaginar. Aquele tapa havia DOÍDO.

— Certo — Tory retornou à cadeira.

— Esta noite, sob esta nova lua, um tempo de novos começos, vou consertar algo errado — começou ela. — Há cento e cinquenta anos, uma das bruxas mais poderosas de todos os tempos, Branwen, que nasceu com o dom da magia, previu que uma descendente sua herdaria seus grandes poderes. Segundo todas as leis naturais e corretas, esta descendente deveria ser eu. Mas, por algum motivo completamente deturpado, parece que é minha prima Jinx.

— Não — interrompi. Porque, mesmo tendo visto Branwen no meu quarto naquela noite, eu suspeitava de que, baseada em suas próprias experiências, ela provavelmente concordaria que o certo era negar a posse de qualquer capacidade de fazer feitiços. — Não sou eu.

Tory me olhou, furiosa.

— Não interrompa a cerimônia.

— Mas não sou eu, Tory — falei, desesperada. — Qual é! Isso é idiotice. Como eu poderia ter poderes mágicos? Você sabe que sou a pessoa mais azarada da face da Terra...

— Como você explica o Dylan e a devoção que ele tem por você?

— Foi um acaso.

— O Shawn?

— Aquilo foi *você*. *Você é* que fez com que ele fosse expulso.

— Certo — disse Tory. — Mas todo mundo culpa você. E o Zach?

Pisquei para ela.

— E então, Jinx. E o Zach?

E, num instante, a coisa voltou. A raiva que eu havia sentido antes. A raiva que Lisa me disse que seria necessária quando chegasse a hora.

— Eu lhe disse um milhão de vezes. Zach não gosta de mim desse modo. Nós somos apenas amigos... e provavelmente nem somos mais *isso*, graças a VOCÊ e aquele SEU boneco idiota, por isso...

Tory se levantou, uma das mãos erguidas como se fosse me bater de novo. Encarei-a, desafiando, simplesmente desafiando-a a tentar. Se ela desse mais um passo, eu iria chutá-la na cara.

Mas Lindsey, logo ela, impediu-a, gemendo.

— Não podemos acabar com isso logo? Estou morrendo de fome. E você sabe o que acontece quando o açúcar no meu sangue fica baixo demais.

Tory encarou-a, furiosa.

— Ótimo.

Foi então que Tory pegou a faca. Uma faca *enorme*, decorativa, do tipo que a gente compra naquelas lojas que vendem facas ornamentais, como as usadas em filmes como *O Senhor dos Anéis*.

Bastou uma olhada para aquela faca, e percebi que eu estava ferrada. Era isso. Saltei da cadeira. E fui empurrada de volta por Gretchen, que me segurou apertando as duas mãos contra meus ombros enquanto eu me retorcia. Vendo que não iria escapar daquele jeito, abri a boca para gritar.

Mas, antecipando isso, Tory enfiou suas duas luvas de seda, compridas, na minha boca, me amordaçando com eficiência.

— Para de lutar, Jinx — Tory dizia, no que, para ela, era uma voz bastante tranquilizadora. — É isso que você quer, lembra? Você sempre quis ser normal, certo? Bom, assim que nós conseguirmos seu sangue, em quantidade suficiente para eu beber, vou ganhar seus poderes e você não terá de se preocupar mais. Fiz uma poção de banimento com cogumelos muito raros. Você pode bebê-la e não terá mais de se preocupar com o azar. Todos os poderes que você herdou de Branwen terão ido embora. Eles ficarão comigo.

Tudo bem. Aquilo era ruim. Era ruim de verdade. Eu tivera algum azar antes, era verdade... mas aquilo era definitivamente o pior. Eu precisava sair daquela situação.

Mas como? Estava completamente desamparada. Gretchen era forte. Aquela corda estava amarrada com muita força. Eu não podia gritar. O que poderia fazer?

O que *qualquer pessoa* faz quando toda a esperança desaparece e todo o resto falha.

O que Lisa, da Encantos, havia dito? Tory não pode me fazer mal... se... se... se eu o quê? *Por que eu não conseguia lembrar?*

Abrace a magia.

Mas como iria conseguir? Como poderia abraçar alguma coisa que só havia me causado sofrimento por tanto tempo? Quero dizer, olhe o que aconteceu com o Dylan. Olhe o que aconteceu com o pessoal no hospital na noite em que eu nasci. Olhe o que aconteceu no baile daquela noite. Eu não podia abraçar uma coisa que havia estragado tantas vidas, algo que eu tinha presumido que era *ruim*.

— Espera um minuto — disse Lindsey. — Você vai *beber* o sangue dela?

— O que você esperava? — perguntou Tory. — É um ritual de sangue. Dāāā.

— Eu sei — Lindsey ficou ainda mais pálida, se é que isso era possível. — Mas não sabia que você ia *beber*. Eu tenho de beber também?

— Você quer ser uma bruxa de verdade ou não? — rugiu Tory.

— Bem — respondeu Lindsey. — É. Acho que sim. Não sei. Mas você vai mesmo fazer ela beber esse negócio com cogumelos dentro? E se ela ficar doente? Isso pode ser venenoso, pelo que a gente sabe.

— Não vai importar — explicou Tory. — Ninguém vai acreditar nela. Vão pensar que ela se envenenou, por causa do que aconteceu no baile. E até lá eu estarei com os poderes dela, que ela nunca apreciou e nem aprendeu a usar direito. E mamãe e papai vão comer na minha mão.

— Para mim, Tory disse, numa voz que era de novo tranquilizadora: — E Zach vai me amar, e não a ela. Esperem para ver.

Mas nem ouvi direito. Porque estava pensando: *E se o que Lisa me falou era verdade, e todas as coisas medonhas que haviam me acontecido não fossem por causa do azar, e sim por medo... medo virado para dentro? Medo do que eu realmente era?*

Medo de QUEM eu realmente era?

A magia vai me salvar. Branwen vai me salvar...

... se eu abraçar aquilo que temo.

E, de repente, minha mente se esvaziou. Pensei na magia e em como ela poderia me salvar. Pensei na lua, tão luminosa e alta, com aquele arco-íris em volta. Pensei nas rosas florescendo por todo o jardim. Pensei em Branwen, e em como ela havia me devolvido o colar, e como eu havia me sentido calma depois de tê-la visto sorrindo ao lado da cama.

E pensei no Zach, na casa ao lado. Ele só precisaria olhar pela janela. E veria o caramanchão... me veria.

— Não sei quanto tempo mais posso segurá-la — a voz de Gretchen parecia trêmula de medo. Eu não havia notado isso antes. Mas agora era como se todos os meus sentidos estivessem estimulados. Percebia o cheiro das rosas no ar, tão doce.

Acorde, Zach. Olhe a lua, Zach. Estou aqui, Zach. Estou aqui embaixo.

— Ótimo. — Tory estava furiosa. — Então cala a boca e olha enquanto eu faço o que preciso.

Logo em seguida, Tory passou a fazer "o que precisava", segurando a faca e fazendo a lâmina brilhar à luz da lua, que atravessava o teto de vidro do caramanchão. Tory começou a entoar:

— Em nome de Hécate, de Branwen, e... e de todas as bruxas da criação, tiro desta mulher o que me pertence por direito.

Tory sinalizou para Lindsey segurar meus pulsos amarrados e colocá-los acima do cálice. E ela obedeceu, ainda que eu tenha lutado para impedir, ao mesmo tempo que lutava para me soltar do aperto de Gretchen.

E, sem a menor hesitação, Tory começou a baixar a lâmina brilhante.

E então três coisas aconteceram simultaneamente. Lindsey soltou minhas mãos e gritou.

— Ah, Tory! Você não pode *realmente*...

Eu levantei o joelho contra a parte de baixo da mesa com o máximo de força que pude, derrubando o vidro pesado — e o cálice, as velas e a poção de cogumelos — na direção de Tory.

E ouvi a porta do caramanchão se abrir com força e uma voz familiar, masculina, dizer:

— Que *diabos* está acontecendo aqui?

CAPÍTULO
21

— Zach! — gritou Tory, levantando-se. — Ah, meu Deus! O que você está fazendo aqui? Sua visita é um prazer!

Mas Zach não parecia no clima para amenidades sociais. Talvez fosse o tampo de vidro da mesa que havia rolado sobre a bainha da saia de Tory, que ela estava tentando soltar, desesperada, embora simulasse casualidade. Ou talvez fosse a faca, ainda nas mãos dela, ou a poção de cogumelos derramada no vestido.

Talvez fosse a expressão culpada de Gretchen e Lindsey.

Ou talvez o fato de que eu estava amarrada, amordaçada e esparramada de modo vergonhoso no piso do caramanchão.

De qualquer modo, ele não respondeu à pergunta de Tory. Em vez disso se ajoelhou ao meu lado e tirou as luvas da minha boca.

— Você está bem? — perguntou.

Confirmei com a cabeça. Não creio que eu teria falado, mesmo se quisesse. Não porque minha prima tinha tentado me matar. Mas porque Zach havia corrido para me resgatar sem se lembrar de vestir uma camisa.

Talvez Tory *tivesse* me matado, e eu havia morrido e ido para o céu.

Só que, se isso era o céu, por que Lindsey estava chorando?

— Ah, Zach, *por favor* não conte ao senhor e à senhora Gardiner sobre isso — implorou ela. — A senhora Gardiner é do mesmo grupo de voluntários da Sloan-Kettering da minha mãe. Ela vai me MATAR se descobrir que eu estava brincando de ser bruxa.

Foi então que Tory berrou:

— LINDSEY! CALA A BOCA! — E em seguida começou a falar ininterruptamente: — Nós tentamos fazer com que ela parasse. Sério, por Deus, Zach. Mas Jean ficou tão perturbada, você sabe, com o que aconteceu, porque eu a denunciei como bruxa no baile, que tentou se matar. Foi assim que nós a encontramos. Já íamos ligar para a emergência...

— Ela se *amordaçou*? — perguntou Zach, áspero. — E amarrou as mãos? Bela tentativa, Tory. Mas ouvi o que você estava falando com ela, sua doente...

Então Zach disse uns palavrões bem feios. Do tipo que minha mãe teria cobrado uma grana, se ele falasse em Hancock.

— Meu Deus — Tory pareceu furiosa. — Ótimo. Não acredite em nós. O único motivo para você estar do lado dela é porque ela fez um feitiço de amor para você. Como é a sensação de saber que você não passa de uma vítima da MAGIA manipuladora dela?

Tentei dizer: "Não. Não escute o que ela está falando. Eu usei magia. Chamei você aqui com magia, Zach. Mas para me ajudar. Não para me amar. Nunca para me amar. O boneco era dela! Aquele boneco era dela!"

Mas nada saiu de mim a não ser um grasnado. Eu não conseguia falar porque minha garganta estava seca como areia.

— A única vítima que estou vendo aqui é a Jean — Zach disse, sério. — O que há de *errado* com você, Tory? Você poderia realmente fazer mal a ela.

— Ah, claro. — Tory começou a fungar. — Fique do lado dela. Isso é muito legal. Eu conheço você desde o jardim de infância, mas fique do lado da pessoa que você só conhece há um mês.

Mas Zach não estava escutando.

— Me dá essa faca — ordenou a Tory.

Ela entregou a faca em silêncio enquanto Gretchen falava, parecendo morta de medo:

— Eu nunca pensei que a coisa chegaria tão longe, Zach. Nunca pensei que Tory queria mesmo fazer mal a ela. Quando ela falou sobre isso, disse que só iria cutucá-la um pouco. E também que Jean não iria se incomodar, que estava enjoada da má sorte, ou sei lá o quê, e queria se livrar dessa coisa e dar a ela.

— Nunca! — Falei. — Nunca vou abrir mão do meu poder! Eu o abracei! Não tenho mais medo dele!

Mas tudo que saiu foram mais grasnados.

— Só que não era azar — então foi Gretchen quem começou a falar sem parar —, era magia, e ela, Jean, simplesmente não sabia como usar direito. E se Tory bebesse o sangue dela, o sangue de Jean, aquele negócio dela com o boneco iria dar certo, e você amaria Tory como ela queria...

— GRETCHEN! — berrou minha prima. — CALA A BOCA!

Zach usou a faca de Tory para cortar a corda que amarrava minhas mãos. Só quando me puxou para que eu ficasse de pé ele notou — nós dois notamos — que eu não conseguia andar direito. Não por causa de alguma coisa que Tory tivesse feito, mas pela dor no joelho, que eu havia acertado com tanta força no tampo de vidro, para derrubá-lo.

— Venha — Zach passou o braço pela minha cintura. — Apoie-se em mim.

E me ajudou a sair mancando do caramanchão para o ar puro da noite no jardim, onde Mouche nos recebeu com um minúsculo miau interrogativo.

— Não podemos deixar Mouche do lado de fora — tentei dizer. — Alice vai pirar se ela não estiver na cama na hora de acordar.

Mas minha voz ainda estava enferrujada demais por causa da mordaça, e tudo que saiu foi:

— Mouche.

— Eu sei — disse Zach. — Vou pegá-la depois de colocar você lá dentro. Não se preocupe.

E então ele estava batendo numa porta, e alguns segundos depois escutei a voz de Petra perguntar, sonolenta:

— Sim? Quem é... ah, Zach? O que você está...

Em seguida, numa voz muito menos sonolenta:

— Jean!

Então o luar desapareceu e estávamos no aconchegante apartamento de Petra, no porão, cuja porta dava para o jardim. Zach me colocou no sofá de Petra, e tive tempo de notar que Willem não estava dormindo ali, afinal de contas. Estava parado na porta do quarto de Petra, usando apenas um short e uma expressão realmente confusa. Incrivelmente bonito.

Se bem que não tão bonito quanto o Zach, que vestia apenas os jeans que havia posto com tanta pressa que nem estavam abotoados direito.

E as mãos de Zach estavam cheias de cortes. O que havia acontecido com as mãos dele?

Ah. As rosas.

— Ah, meu Deus — espantou-se Petra. — O que aconteceu?

As rosas. Ele cortou as mãos nas roseiras, pulando o muro.

Mas, por acaso, Petra não estava falando de Zach.

— Ela está bem. Só precisa de um pouco d'água — disse Zach. Em seguida mais duas palavras, pronunciadas com tanta frieza que gelaram meu coração. — Foi Tory.

— Os pulsos dela...

— Tory a amarrou — respondeu Zach.

— Ah, meu Deus. Vou acordar os Gardiner — disse Petra.

— NÃO! — gritou uma voz aguda.

E foi então que percebi que Tory havia nos acompanhado desde o caramanchão.

— Petra, não! — gritou Tory. Sua expressão (Willem havia acendido a luz) era arregalada, quase de histeria. Estava ali parada com seu vestido branco manchado de poção, parecendo Cinderela no baile depois de perceber que o relógio havia marcado meia-noite. — Não conte à mamãe e nem ao papai! Jinx me disse que queria se livrar de seus poderes. Disse que não podia lidar com eles... estava cansada de viver com tanto azar. Eu estava tentando ajudá-la. Sério.

— Poderes? — perguntou Willem. — Que poderes são esses?

— Tory — Petra se ajoelhou ao meu lado e me dava um copo cheio d'água, que peguei e tomei inteiro, imediatamente. — Agora, não.

— Espera — Tory começou a chorar. Fiquei olhando enquanto as lágrimas escorriam pelo rosto bonito. — Era uma brincadeira. Só isso. Jinx estava participando. Ela gostou.

— Ah, é mesmo? — A voz de Zach saiu dura. — E o rato morto? Ela gostou daquilo? E todo mundo na escola pensando que ela era dedo-duro, quando foi você — e não negue — que entregou o Shawn... seu próprio namorado? E a armação que você fez esta noite no baile, trazendo aquele cara de Iowa? Eu pude ver como Jean estava gostando. — A voz de Zach estava repleta de sarcasmo. — E quem não gosta de ser amordaçada e amarrada?

— Eu disse! — berrou Tory, agora realmente histérica. — Era só uma brincadeira! Jinx, diz a eles! Diz que era só um jogo!

Olhei para Tory, ali na sala quente e arrumada de Petra, parecendo tão incrivelmente linda. Ela sempre havia sido a mais bonita de nós duas.

Mas nunca me ressenti por causa disso. Aceitava, como a gente aceita ter uma irmã mais alta, ou um irmão melhor no basquete.

Mas ela nunca pudera me aceitar, aceitar o que eu tinha e ela não. Que ela nunca, jamais, teria.

A verdade era: por que ela deveria aceitar, quando durante tanto tempo eu mesma não havia sido capaz de aceitar o meu dom?

Mas agora, não. Agora tudo era diferente. *Tudo*.

Acima de tudo, eu.

— Diga a eles — implorou Tory por entre as lágrimas.

— Diga que era só uma brincadeira, Jinx.

— Não — respondi. E desta vez, quando falei, soube que todos podiam me entender. — Não, na verdade não era uma brincadeira.

Foi então que Petra, pálida, mas decidida, virou-se e rumou para a escada. Tory correu atrás dela, gritando:

— Não, Petra! Eu posso explicar! Espera!

E Willem, confuso, mas determinado, foi atrás de Tory, aparentemente para garantir que ela não fizesse nada com Petra.

E então fiquei sozinha com o Zach.

Tinha certeza de que a demonstração de cavalheirismo dedicado de Willem devia ser difícil para ele, por isso me virei para Zach e falei:

— Sinto muito.

Ele me olhou, claramente surpreso.

— Sente? Pelo quê? Nada disso foi sua culpa.

— Não estou falando disso. Estou falando de Petra. E Willem. Eu ia lhe contar. Mas não tive chance. Você sabe. — Quando ele continuou me olhando inexpressivo, elaborei: — Zach, sinto muito. Mas acho que eles não vão romper nem tão cedo. Ela o ama de verdade. E ele ama Petra de verdade.

A expressão de Zach, me olhando, passou de surpresa para outra que reconheci. Era a mesma daquele dia no campo de beisebol, uma mistura de frustração e diversão.

— Jean, eu não sou a fim de Petra.

— Como assim você não é a fim dela? — Perguntei, espantada. — Você ama Petra.

— Não. Não, não amo. Nunca amei.

— Amou sim. — Sentei-me um pouco mais empertigada, depois me encolhi, quando o movimento fez meu joelho doer. Mesmo assim, aquilo era importante demais para deixar passar. — Você me disse que amava.

— Não — repetiu Zach. — *Você* disse que eu a amava. Porque aquele idiota do Robert falou. Eu só disse que houve um tempo em que achei Petra interessante. Foi você que continuou falando disso. Mas a verdade é que tem alguém que eu acho muito mais interessante já há algum tempo.

— Tem? — Encarei-o, confusa... e consternada. — Você nunca me disse.

— Não, não disse. Achei que era mais fácil deixar você continuar pensando que eu amava Petra. Porque dava para ver que você ainda estava pirada com o que havia acontecido lá em Iowa, com o tal cara. Achei que você não estava pronta...

— Pronta? — balancei a cabeça. O que ele estava *falando*? — Pronta para quê?

— Para que eu dissesse a verdade. — Zach estava me olhando tão intensamente que seus olhos verdes pareciam tão luminosos quanto a lua lá fora. — Que eu tinha parado de gostar de Petra no minuto em que vi você. — Quando continuei a olhá-lo sem entender, ele continuou: — Naquela mesma porcaria de caramanchão, no dia em que você chegou. Não diga que não lembra.

— Eu? — Ainda achava que não havia entendido direito. — *Eu?*

— *Você*, claro — ele afirmou, incrédulo. — Jean, como pode não ter percebido? Tory percebeu. Por que você acha que ela ficou com tanta raiva? Esse tempo todo você ficava dizendo a ela, a mim, a todo mundo, que nós dois éramos só amigos, quando ser *só amigos* era a *última* coisa que eu queria. E Tory sabia. Ela via o que todo mundo podia ver, só de me olhar. Todo mundo menos você, pelo jeito. Que eu estava de quatro por *sua* causa... — A voz de Zach ficou no ar enquanto ele me olhava. — Ainda não acredita, não é?

Como eu poderia acreditar? Como isso poderia estar acontecendo — logo *comigo*?

— Era disso que eu tinha medo — ele suspirou. — Acho que você não me dá outra opção.

— Não dou outra opção a não ser... *o quê?* — berrei, alarmada.

— Isso.

E a próxima coisa que notei foi os lábios dele nos meus.

Acho que, para nosso primeiro beijo, foi bem atordoante. Bom, certo, talvez alguém como Tory, que está anos-luz à minha frente em sofisticação, pudesse ser beijada daquele modo e não perder completamente a cabeça.

Eu, por outro lado, não podia. Não que ele tenha me agarrado e grudado meu corpo ao dele, como Dylan, na primeira vez em que me beijou. O beijo de Zach foi o mais gentil que se pode imaginar. Ele mal estava me tocando, a não ser onde seus dedos encostavam no meu ombro.

Mas mesmo suave, foi longo. O que se poderia chamar de prolongado.

E eu senti até os dedos dos pés.

Ah, *senti*.

Quando ele levantou a cabeça e me olhou de novo, mal notei. Porque havia passarinhos e estrelas voando diante dos meus olhos, de tão atordoada que eu estava pela sensação dos lábios de Zach nos meus.

Graças a Deus eu estava sentada. Se estivesse de pé quando ele me beijou, tenho certeza de que teria despencado no chão. Era como se eu estivesse derretendo. Por dentro.

— Agora — perguntou ele em sua voz profunda e calma — acredita?

Mas era difícil formular uma resposta, porque meus lábios estavam pinicando demais.

— Tudo bem — disse Zach quando eu não respondi imediatamente. — Deixe-me tentar de novo.

E se inclinou para me beijar mais um pouco.

Desta vez, quando ele levantou a cabeça, pássaros, estrelas e até pequenos arco-íris pareciam flutuar na minha frente. Era como se alguém tivesse derramado uma caixa de amuletos da sorte em gravidade zero.

— E então? — insistiu Zach. — Agora acredita que é você que eu amo, que eu *sempre* amei, desde aquele dia em que você cuspiu chá gelado Long Island em cima de mim? Acredita que estou cansado de tentar não beijar você? Acredita que realmente, de verdade, não quero mais ser *só seu amigo*?

— Ahã — assenti como uma idiota.

Então passei os braços pelo pescoço dele e puxei-o para mim. E o beijei mais um pouco.

CAPÍTULO 22

Meu joelho estava bem machucado, mas não o desloquei. O médico disse que o hematoma provavelmente ia até o osso, mas que iria sumir. Um dia.

Mais ou menos, eu esperava, como aconteceria com minha lembrança do que havia acontecido naquela noite no caramanchão.

Bem, *não* todas as lembranças daquela noite, claro.

Quando voltei à Encantos, para agradecer a Lisa por tudo que ela havia feito por mim e contar o que havia acontecido — por exemplo, o motivo pelo qual eu estava usando muletas —, ela sorriu e disse:

— Então. Você fez.

Não precisei perguntar o que ela queria dizer.

— É. Fiz.

Ela mandou que eu dormisse com lavanda embaixo do travesseiro. Isso iria adoçar meus sonhos.

Não adoçou.

Mas definitivamente fez a roupa de cama cheirar melhor.

O que ajudou, na verdade, foi o tempo. O tempo e, claro, os amigos.

Tia Evelyn e tio Ted ficaram horrorizados ao saber o que Tory havia feito comigo. Mas ela ainda era filha deles e, bem, eles precisavam defendê-la.

Mesmo que ela *fosse* totalmente maluca.

Eu podia entender. E não era como se ela tivesse tentado me matar.

Tenho quase certeza.

Tory só pretendia tomar algumas gotas do meu sangue, absorver o que quer que ela estava tão convencida de que eu havia herdado e ela não, me obrigar a beber alguma poção nojenta feita com cogumelos tirados de uma lápide, e depois me soltar.

Pelo menos foi o que ela disse aos pais que teria acontecido, se Zach não tivesse intervido.

Acho que acredito. Quero dizer, é a mesma história que Lindsey e Gretchen contaram aos pais DELA.

Mas elas, claro, dificilmente admitiriam que tinham sido cúmplices de uma tentativa de assassinato.

Verdade: a única dúvida que eu tinha em relação a coisa toda era... bem, a que apresentei ao Zach no dia seguinte. Eu havia chegado do consultório médico e estava com um saco de gelo no joelho, sentada diante da TV, enquanto o senhor e a senhora Gardiner iam aos terapeutas de Tory... com Tory, claro.

A dúvida era: como ele ficou sabendo? O que estava acontecendo no caramanchão?

— Eu estava acordado. — Não conseguia dormir. — Ele me lançou um sorriso torto. — Acho que você sabe por quê.

— Aquele boneco era de Tory — falei pelo que parecia a milionésima vez — e não...

— ... seu. Eu sei. Gretchen disse isso ontem à noite, lembra? De qualquer modo, eu estava acordado e... não lembro exatamente. Ah, ouvi um gato chorando. Devia ser Mouche...

— Era.

Mouche estava em segurança com Alice, que não ficou sabendo que sua gata amada havia sido usada de modo tão perigoso.

— Certo. Bem, foi então que olhei pela janela e percebi as luzes no caramanchão. E só achei... esquisito. Você sabe, as velas acesas. E também que Mouche estivesse do lado de fora tão tarde. Por isso desci e pulei o muro para dar uma olhada. Enquanto me aproximava, escutei aquelas maluquices que Tory estava falando com você. Então entrei e vi... bem, você sabe o que eu vi.

Confirmei com a cabeça. É. Eu sabia o que ele tinha visto.

E também o que tinha ouvido.

Mouche, é. Mas também eu. Ele *me* ouviu.

Ele não sabia. Provavelmente nunca saberia. Mas tudo bem.

Por enquanto.

— Mas se você sabia que o boneco não era meu, o tempo todo, porque não disse nada? Quero dizer, no baile?

— Você foi embora tão depressa, como é que eu poderia? Tentei passar aqui mais tarde, mas Petra disse que você estava dormindo. De qualquer modo, eu sabia que você não tinha feito o boneco porque conheço você. Você sempre conta a verdade... bom, a não ser por aquela mentirinha de ter comprado o livro para o aniversário de sua irmã Courtney. — Fiquei vermelha, espero que de um modo bonito. Mas mesmo assim. — E que você acabou confessando. Admitiu que fez o boneco do Dylan, e era fácil ver que os dois bonecos não tinham sido feitos pela mesma pessoa.

Espero que sim. Afinal, eu tirei dez em costura na sétima série. Ao passo que o boneco feito por Tory... bem, dava para ver que era feito por alguém que nunca havia costurado nem um pegador de panelas.

— Por isso eu sabia que você não tinha tentado fazer um feitiço de amor para mim usando um boneco idiota — continuou Zach. — Mas... bom, mais cedo naquele dia eu encontrei um negócio esquisito na minha mochila...

E tirou do bolso dos jeans o saquinho que Lisa havia feito para mim.

— Isso é para proteção — expliquei. — Eu estava preocupada com a hipótese de Tory fazer alguma coisa contra você. Você deve ficar com isso, para que nada de ruim lhe aconteça.

Ele olhou para o saquinho e assentiu.

— Suspeitei de algo assim — ele recolocou o sachê no bolso. — Mas não tinha certeza.

Então percebi o que ele queria dizer.

— Espera... você não achou que era uma poção do amor, ou algo do tipo, achou? — perguntei ficando totalmente vermelha.

— Bom. Eu estava *mesmo* tendo dificuldade para tirar você da minha cabeça. Por isso me passou pela mente que talvez...

— Zach! — gritei sentando-me. E machucando o joelho. — Eu nunca... eu já disse, aprendi minha lição com o Dylan! Nunca, nunca mais vou fazer nenhum feitiço de amor enquanto viver.

— Eu sei — ele riu. — Eu me apaixonei por você muito antes de você ter a chance de me enfeitiçar. Foi quando falou *"nunca estive em Long Island"*.

Não consegui esconder um enorme riso pateta.

— Me apaixonei por você no *"eu gosto de focas"* — admiti.

Ele riu de volta.

— E, de qualquer modo — continuou ele —, você sabe que eu não acredito nessa bobagem de bruxaria. Já falei isso.

— Sei que não acredita. Mas você tem de admitir... — Como é que eu poderia dizer? — O negócio com o Dylan...

— Você mesma disse. Ele era um cara preparado para se apaixonar e você apareceu na hora certa.

— É. Mas como explica eu ter empurrado você do caminho do mensageiro de bicicleta?

— A mesma coisa. Lugar certo, hora errada.

— E ontem à noite? Zach, como você ao menos pode começar a explicar a noite passada?

— Que parte? A parte em que sua prima psicopata tentou tirar seu sangue para herdar um pouco da magia da sua avó morta? Ou a parte em que salvei você?

— A segunda parte. Como você sabia que deveria olhar pela janela *naquela hora*?

— Eu disse. Ouvi a gata de Alice.

A gata? Ou eu?

Ou... Branwen?

— De qualquer modo — Zach deu de ombros —, agora estamos quites, você sabe. Não lhe devo mais servidão eterna. Você me salvou de ser atropelado por uma bicicleta e agora eu salvei você de sua prima psicótica. E, por falar em psicótica, o que aconteceu com o tal do Dylan, afinal?

— Os Gardiner o puseram num avião de volta para Iowa hoje cedo — suspirei.

Percebi que jamais conseguiria fazer com que Zach admitisse a existência de algo como magia. Ah, bem. Ele acabaria descobrindo sozinho. Pelo menos se ficasse perto de mim por tempo suficiente. Disso eu não tinha dúvida.

— Meus tios descobriram que ele estava hospedado no Waldorf. Tory usou um cartão de crédito deles para pagar um quarto, sem falar da passagem de avião. Ele gastou quinhentos dólares só em serviço de quarto e *pay-per-view*.

— Uau. Sem dúvida você sabe escolher.

Joguei uma almofada do sofá em cima dele. Zach pegou-a rindo e disse:

— Você deve estar se sentindo melhor. — Em seguida se acomodou no sofá perto de mim, tendo o cuidado com meu joelho machucado, e se inclinou até estar com o rosto a uns dois centímetros do meu.

— Ei, Jean — disse ele, muito mais baixinho.

Olhei para os lábios de Zach.

— Sim?

— Tenho a sensação — ele começou a olhar para os *meus* lábios — de que ninguém mais vai chamar você de Jinx. Acho que de agora em diante sua sorte vai mudar.

E então me beijou.

É estranho, mas Zach estava certo. Com relação à minha sorte mudar. Por exemplo: sabe a bolsa da escola Chapman, da qual Zach me falou?

Bom, eu fiz o teste.

E ganhei.

Em seguida, claro, houve a parte incômoda... perguntar a tia Evelyn e tio Ted se eu podia ficar com eles durante o próximo ano letivo.

Mas pelo modo como eles reagiram, ficou claro que nunca haviam pensado que eu ao menos pudesse *querer* voltar a Hancock. Agora eu fazia parte da família — da família *deles* — e podia ficar o quanto quisesse.

Isso talvez se devesse ao fato de que, no fim das contas, foi Tory que partiu... para um internato militar, onde passou o resto do segundo ano do ensino médio, além das férias de verão. E então, quando voltou — o cabelo tingido de preto havia sumido e os pelos curtos e novos de seu louro natural cobriam a cabeça dela como a penugem de um pinto —, seus pais tinham uma surpresa: haviam feito a inscrição dela num colégio interno "especial", em vez da Chapman, para o ano seguinte.

E ainda que Tory os tivesse acusado de mandá-la para o colégio militar, isso não era verdade. De jeito nenhum. A escola para onde a mandaram era um lugar lindo na área rural de Iowa — imagine só —, onde os alunos faziam coisas como cuidar de uma fazenda, caminhadas e basicamente desafiarem a si mesmos como nunca haviam feito antes. Em outras palavras...

Aprendiam a abraçar seus temores.

Todos os dias.

Não foi fácil para tia Evelyn e tio Ted mandá-la para lá. Mas, como disse minha tia, ela precisava se preocupar com Teddy e Alice, e não achava que Tory fosse exatamente o melhor modelo de comportamento no mundo, para eles.

E sabe o que era bom com relação ao lugar aonde haviam mandado Tory? Ela podia ficar com a *minha* família nos fins de semana.

Isso mesmo. Tory ia visitar Hancock todo sábado e domingo, e ver como era ser filha de uma pastora.

Segundo Chanelle, para quem Tory escrevia ocasionalmente, Tory achou a vida na minha casa mais difícil ainda do que no colégio militar.

Mas havia uma pessoa para consolá-la no sofrimento.

Com Dylan vindo todos os fins de semana da Universidade Estadual de Iowa, e Tory lá em Hancock todo fim de semana, bem... acho que era natural que o amor florescesse.

Pelo menos se der para acreditar no último e-mail de Courtney — reclamando que Dylan e Tory vivem levando bronca de mamãe porque ficam se agarrando na sala de TV.

E apesar do que Zach pudesse pensar, não tive nada a ver com isso. Afinal de contas, tinha prometido a Zach que não faria feitiços de amor.

E falei sério. Porque o amor melhor e mais duradouro tem magia própria, e não precisa da ajuda de nenhum feitiço.

Zach também estava certo com relação a outra coisa:

Agora ninguém me chama de Jinx. É só Jean. A simples e velha Jean.

E eu gosto.

Este livro foi composto na tipologia Classical
Garamond BT, em corpo 11/16, e impresso em
papel off-white no Sistema Cameron da
Divisão Gráfica da Distribuidora Record.